Die Schwester, wie hinter Glas

AF139501

Irena Vrkljan

Die Schwester, wie hinter Glas

Irena VRKLJAN: Sestra, kao iza stakla
(Verlag, Ljevak, Zagreb 2006)

Aus dem Kroatischen von
Marija Dragica Anderle

Bibliografische Information der Deutschen Nationalbibliothek:
Die Deutsche Nationalbibliothek verzeichnet diese Publikation
in der Deutschen Nationalbibliografie; detaillierte bibliografische
Daten sind im Internet über http://dnb.dnb.de abrufbar.

© 2015 Marija Dragica Anderle
Satz, Umschlaggestaltung, Herstellung und Verlag:
BoD – Books on Demand

ISBN: 978-3-7386-8462-9

Die Lektoren waren:

Hans-Jürgen Anderle (†)
Benno Meyer-Wehlack (†)

Immer sehe ich in jener Ferne, irgendwo dort, weit weg von Zagreb – in der ganzen Zeit habe ich Mira nicht einmal besucht – ihr Gesicht wie hinter einem sonnengeblendeten Glas, sie war die schönste Puppe in diesem Schaufenster meines Lebens und für immer mein zweites ich.

Jetzt ist das Glas zerbrochen, überall liegen die Splitter, scharf, gefährlich, das Glas ist verstreut über die Straße, den Fluren, den Zimmern und über uns, über unsere Erinnerung. Das Schaufenster ist zerschellt, alle unsere alten Spielzeuge, die Wärme der Hände, an denen wir uns immer gehalten, unsere Kindheit, zerstreut.

Dies Bild ist jetzt völlig stumm, ohne einen Tropfen Blut, doch Blut muss es gegeben haben.

Das Schicksal kam auf als ein kräftiger Schlag, ohne Ankündigung, ohne meine Ahnung, dass so etwas passieren könnte und dass diese Zeiten kommen werden, schwarz und rau.

Obwohl, vielleicht wusste Mira mehr als ich, in den letzten Jahren wurde sie immer melancholischer – und sehr nervös, unruhig, ja, nervös wie einst, als wir so panisch durch die kleinen Räume der Dreizimmer-Wohnung in der Nazor-Strasse rannten.

Die Wohnung hatten die Eltern renoviert, später. Nur die Küche blieb so wie sie war, als meine Schwester noch mit mir zusammen war, weil wir kein Beispiel all jener Geschichten über den Schwesternhass, der Konkurrenz untereinander, ironischer Überheblichkeit, gar des Verrats waren. Natürlich, schon früh willigte ich ein, mochte es so, die Person in ihrem Schatten zu sein.

Und so waren wir einer Person ähnlich und nur die Welt um uns herum war ein fremdes Wesen, das wir nicht immer begriffen und uns deshalb oft unwillig, vielleicht erschrocken in unser Zimmer, am Ende des Flurs verkrochen.

Glas, scharfe Bruchstücke, als hätten sie sich in meinen Körper eingebohrt. Doch auch hier sieht man nirgendwo Blut, der Schmerz ist weiß wie meine Haut und wie meine Erinnerung.

Stille. Bestürzung. Nein, Entsetzen.

In unserer Wohnung, obwohl wir im oberen Stockwerk wohnen, brennt, wegen der schweren Vorhänge – Angst vor den fremden Blicken – immer irgendwo Licht. Nur in der Küche ist es nie dunkel. Ich erhebe mich vom Stuhl und stehe in der Mitte, allein, so viele Jahre später. Ich zünde mir eine Zigarette an.

Auf dem Tisch liegen zerstreut Blätter, Zettel, Briefe. Bilder.

Ich setze mich wieder auf den Stuhl, drehe den Kopf und schaue dem Rauch nach, der in der Küche schwebt, dem Gift, auf die Andenken und auf die Papiere vor meinen Augen.

Denn was weiss ich noch, nach all dieser vergangenen Zeit, über uns damals und über unsere familiäre Vergangenheit? Alles sind immer nur dieselben, unzuverlässigen Bilder: sie liegen in der Tiefe des Gedächtnisses, wie hinter einem dicken Glas, wie Mira, hinter dem Glas.

Und alle unsere damaligen Gespräche sind wie ein schwaches Echo, einige Worte sind vergessen. Vielleicht absichtlich?

So bleiben in uns lange nur die Szenen: unbewegliche Figuren wie auf einer schwach erleuchteten staubigen Bühne. Verschwundene Figuren, verschwundene Lieben – all das ist nur noch ein alter Film, schon ein wenig vergilbt, unklar und in ihm keine Spur von Hollywood.

Denn auch wir würden gerne lügen, um in diesem vergangenen Alltag spannende leidenschaftliche und ungewöhnliche Ereignisse zu finden, so dachte auch ich lange selbst, bis …

Ich dachte, dieses Leben könnte doch wenigstens wie ein unterhaltsamer Roman sein, eine Erzählung, die alle hören möchten, die Kollegen in der Arbeit, Bekannte, und über uns könnten dann ständig die glitzernden Sterne flackern auf dem Abendhimmel der lauten und lebhaften Stadt. Die Erzählung könnte verhängnisvoll sein, oder auch voll von Glück.

Ich konnte nicht gut die Buchstaben der Zukunft lesen und so blieben die Fragen unverändert.

Was ist denn mit all den grauen Mitreisenden, die auch oft unsere Schicksale umgeben? Was ist mit den unbekannten, grauen Menschen, deren Karrieren schnell in Vergessenheit endeten? Weil auch ich, sitzend in dieser Küche, in dieser Küche in der Nazor-Strasse in Zagreb denke, eigentlich bin auch ich auf ewig, ein solches kleines, uninteressantes Geschöpf und so klein sind auch die ehemaligen Leidenschaften, Lieben und Kinderträume. Ängstliches Geschöpf. Oh, wie ich das hasse.

Meine Schwester Mira war das nie.

Und ich hatte mich vielleicht zu früh mit der Existenz in ihrem Schatten eingerichtet, hatte vor allem Angst und überließ ihr so den Mut und die Entscheidungen.

Und jetzt ist es zu spät, um das eigene Schicksal umzuschneidern, und ich würde so gerne lügen, mir verschiedene Abenteuer ausdenken, lauter wunderschöne Gegenden in betörenden Farben von irgendwelchen fernen Lagunen und unbekannten Archipels. Kräftige Farben, und nicht nur solche langweiligen, verblassten. Nur wozu überhaupt diese sogenannte Wahrheit, meine Wahrheit? Das fragte ich mich schon als Kind, fragte Mira. Wen interessiert überhaupt die Wahrheit, wenn sie nicht ein wenig blutig ist, wen interessieren meine Geschichten, wer hört noch, was ich sage, jetzt wo Mira nicht mehr hier ist?

Mira, meine verlorene Schwester?

Wer hört noch meine Fragen, die naiv waren und die mit sicheren Antworten rechneten, denn auch die Abenteuer haben ihren Preis, manchmal einen schrecklichen. Und so verwandelt sich eines Tages auch ein unbemerktes Leben in den Schrecken schwarzer Stürme.

Wann war das alles, und wann begann unsere gemeinsame Zeit in dieser Wohnung, in der sich ewig nur die Wiederholungen ereigneten – zuerst im ehemaligen Sozialismus, dann im schrecklichen Krieg und jetzt, nach alledem, in den neuen Zeiten?

Das letzte Mal, als sie Zagreb besuchte, trug sie ein schönes blaues Kleid, blaue Schuhe mit hohen Absätzen – allein das höre ich noch, ihre Schritte auf dem gekachelten Boden der Küche, auf den Stufen, auf unserer Straße, bergab.

Ja, bergab. Alles ist unwiederbringlich irgendwo hinweggerollt, weitweg, auf den Grund meines Lebens von damals, so auch die Mama und der

Papa, Boris und seine Geliebte, auch Mira, unsere Schultage, unsere merkwürdigen Stimmungen, unsere Abschiede. Irgendwo dort im Dunkeln, im Haufen der abgetragener Wintermäntel, Mützen, Handschuhe, in dem Haufen zerrissener Tage, die ich wie alte Briefe zerriss, irgendwo dort liegt jetzt auch mein kleines Leben, ewig ängstlich, ewig unsicher und immer voll von irgendwelcher blöden Nervosität. Deswegen hasse ich alle diese Fotografien im Album, Zöpfe mit Schleifen, Kniestrümpfe, weiße Blusen und diesen meinen ewig erschreckten Blick, die Augen weit geöffnet wie vor einem Unglück.

… Warum und weshalb war ich damals immer so in Eile? Wohin denn? … Und wozu diese ewige Sehnsucht nach der Dunkelheit des anonymen Lebens, diese Angst vor dem Licht und, natürlich, vor den Menschen? Wer und welch teuflische Erziehung hat in die Kinder, die wir waren, dieses tapsige Leisetreten durch das Leben eingepflanzt, schnell, nur schnell, damit alles bald vergeht? Nein, damals brauchte man nicht daran denken, ob der alte Briefträger, der jeden Tag eine Bohnensuppe im Restaurant auf dem Britanski aß, irgendwie doch überleben würde, oder wird sich denn jenes Geschäft mit Heften und Radiergummis, das immer leerer wurde, halten, und dann, wird Ivanka, nachdem sie in der NaMa gekündigt wurde, mit dem Putzen soviel dazuverdienen können, dass es für den Ehemann, auch arbeitslos, und die Tochter, die studieren wollte, reicht. Auch nicht, ob die alte Frau Lekić, jetzt wo sie allein ist, in das vierte Stockwerk, das über uns liegt, steigen kann. Nein, man brauchte keine Zeit vergeuden an alle diese und solche Sorgen, Mira brauchte das damals auch nicht. Aber sie hat sich als junge Frau vielleicht sehr viel früher als ich von alledem verabschiedet? Doch mein Leben war lange, zu lange unfähig für irgendeine andere Geschichte, außer dieser. In ihm herrschten nie die Schönheiten aus den Frauenmagazinen, interessante Männer, heisse Betten, die hinreißende, raue Stimme von Bob Dylan. Nichts von alledem gab es in meiner Jugend, man hörte Radio, das ja, aber irgendwelche dummen Schlager, die die Mutter liebte, und später schaute man Serien im Fernsehen. Der Vater allerdings hasste alles, was aus diesen Schachteln kam, sowohl Nachrichten, als auch die Quizsendungen und so drückte er, wenn er heim kam, schnell alle diese Knöpfe der Zerstreuung aus. Deswegen verbrachten wir die meisten Abende in Stille. Oder wir gingen ins Kino, ins Theater und versuchten so die Nazor-Strasse zu vergessen. Mira gelang das besser als mir.

Meine Fehler häuften sich einer auf den anderen, stapelten sich ordentlich in diese Schachtel, diese uninteressante Schatzkammer der vergangenen Tage, Jahre, und mein Gesicht, schon bald mit ersten sichtbaren Falten, blieb noch lange vor den anderen Gesichtern unverzeihlich höflich, ein freundliches Lächeln flimmerte stets in ihm.

Doch auch dies hätte so nicht mehr sein sollen, nein, auf keinen Fall!

Ich hätte wenigstens mir selbst schon lange gestehen müssen, dass ich missgelaunt bin, dass ich die Nase von allem voll habe, dass ich nicht mit jeder Nachbarin im Haus reden will, mit den Kolleginnen im Archäologischen Museum, mit den Alten auf den Parkbänken und dass ich nur eins erfahren will: was das überhaupt soll, warum wollte ich dieses kleine, ängstliche Wesen sein?

Und warum geschah plötzlich – oh, wie ist das ungerecht – dieses schreckliche Unglück?

Mira war nämlich schon früh, seit ihrem dreizehnten Lebensjahr, anders. Und ich, ich hörte nicht auf ihre Worte und Vorschläge. Sie war sehr begabt, entschlossen, sie konnte alles werden, Malerin, Ballerina und Architektin, Ärztin. Schon als Kind, im Sozialismus, wollte sie nur in die Welt wegfliegen, die dunklen Straßen hinter sich lassen, die grauen, verfallenen Häuser der vernachlässigten Stadt, die faden Mädchen in der Schule, die sich für alles interessierten, wofür sie sich nicht interessierte. Sie wusste schon früh, obwohl sie jünger war als ich, wo und an welcher Stelle, in welcher Zeit sie sich befindet und was sie hier, zusammen mit mir und unseren Alten erwartet.

Ich schaue in den Rauch der Zigarette. Und ich fühle, jetzt sind alle Zeiten ehemalige Zeiten, auch diese jetzige, in mir, es gibt keine Hoffnung mehr, dass ich vor allen Fragen, die sich aufdrängen, wegrennen könnte, auch nicht vor mir selbst.

Damals, gegen 1978, als Mira mit achtzehn ihr erstes Drama geschrieben hatte, und als sie entdeckte, nachdem sie das Manuskript einem Freund, einem Dramaturgen, gezeigt hatte, dass die Theater etwas ganz Anderes suchten über unsere schöne Gegenwart oder den Untergang, dann warf sie sich auf das Schreiben eines Tagebuchs und studierte Sprachen, Englisch und Deutsch, damit sie einmal schnell abreisen könnte – irgendwohin, nur in die Ferne, ins Unbekannte. Ich weiß, ich habe sie ermutigt, und mich sah ich weiterhin in diesen Zimmern und in dieser Küche.

Es waren Jahre großer Völkerwanderungen, viele gingen wegen der Arbeit ins Ausland, das Land leerte und leerte sich (diese Wüste werden wir einmal bezahlen müssen) und Mira wartete nur auf eine Gelegenheit wegzugehen. Irgendwo dort, in einem unbekannten Land, wird alles anders sein. Darüber sprachen nur wir beide, Mama und Papa wussten von nichts, ahnten nichts. Sie arbeiteten und hatten Sorgen, waren immer müde, immer nervös. Heute noch sehe ich ihr strahlendes Gesicht, als sie mit dem kleinen Koffer in der Hand die Treppe hinunterstürzte, in einem Frühling, und endlich auf die Reise gehen konnte. Sie war schon fertig mit dem Studium und in der Universitätsbibliothek und danach in den Briefen, hatte sie das Drama der Dichterin Else Lasker-Schüler gelesen und ein Zitat gefunden, das sie mir zu Hause gleich vorlas: „In meiner Seele bin ich gebrochen, zerrissen wie mein Kleid". Und sie fügte noch hinzu, einmal fahre ich nach Wuppertal, in dieser Stadt ist Else geboren, 1869, als Enkelin eines Rabbiners und Tochter eines Bankiers, schon früh schrieb sie das Drama „Die Wupper", genannt nach dem Fluss, der durch diese Stadt fließt. Und stell dir vor, nach dem Personenverzeichnis des Dramas steht noch etwas – Fabrikarbeiterinnen, Arbeiter und jugendliche Kroaten …

Else lebte auch in Berlin, 1933 musste sie emigrieren, starb 1945 in Jerusalem.

Später hatte mir Mira in ihren Briefen oft verschiedene Zitate genannt, natürlich auch jene von Else Lasker-Schüler geschickt: *„Auch ich bin nicht ganz und gänzlich nur ein Mensch, auch nicht Tier, ewig besteht in mir dieser Bruch und wundert euch nicht, dass ich mich radikal in zwei Hälften teile, seelisch."*

Zwei Hälften – und dann nur die eine, wie ich, seit Mira nicht mehr hier ist? Sie sprach ausgezeichnet Deutsch und diesen Frühling kaufte sie ein schönes braunes Kostüm, ließ sich ihre langen blonden Haare schneiden, neue Frisur, neues Gesicht und mit dem Geld, das sie sich von Übersetzungen gespart hatte, rannte sie, also, die Treppe hinunter, nach Wuppertal. Mutter und Vater schüttelten nur stumm den Kopf – warum gerade in diese Stadt bei der ersten Reise ins Ausland?

Ich sagte nichts. Dies war unser Geheimnis, das sie sowieso nicht verstanden hätten.

Ich werde jene Treppe sehen wie sie, weißt Du. „*Einsam spaziere ich durch die engen verzauberten Straßen von Wuppertal, meiner Stadt, steige auf die Hügel und stehe plötzlich vor der hohen Treppe. Von der Spitze sieht man Gärten voll Veilchen und die Wiesen sind lila. In meinem Geburtshaus wohnen jetzt andere Bewohner, aber wenn sich der Himmel in der Abenddämmerung in den Fenstern spiegelt, scheint es mir, dass es vom Engel Gabriel selbst geschützt wird* .“

Mira blieb dort fünf Tage. Lief durch die Stadt, am Fluss entlang, las immer von neuem das Drama, besuchte die Ausstellungen. In der Tat, das Schicksal schickte sie in jenem Frühling genau in dieses Tal, und in der großen Fotografie-Ausstellung lernte sie Robert kennen – an der Kasse fragte sie nämlich, was die große schwarzweiße Fotografie des Flusses Wupper kostete – daneben stand in diesem Augenblick auch er – und gleich begannen sie ein Gespräch über die Stadt, über seine Bilder, ein Gespräch, das bis heute andauert.

Robert arbeitete bei einer Tageszeitung und in seiner Freizeit ging er durch seine Geburtsstadt, wusste alles über sie – und so auch alles über die Dichterin.

Über dem Fluss lag durchsichtiger Nebel, die Häuser waren irreal dunkel, der Himmel niedrig, grau – noch immer bewahre ich in meiner Schublade ein Foto von Robert, bewahre die Geschichte einer Liebe auf den ersten Blick. So würde es Mira sagen.

Als sie zurückkam, mit diesem neuen Lächeln auf dem Gesicht, wusste ich, dass wir sie verloren haben. Robert kam gleich zu Besuch. Wir zeigten ihm die Stadt: alle Plätze und die Stellen in Zagreb, die wir liebten und Robert fotografierte den Zrinjevac, die wachsblassen Platanen, die Altstadt und das Mosaik des Daches der Kirche des heiligen Markus, den Tuškanac, Mirogoj, den kleinen Friedhof in der Jurjevska- Strasse, den Cmrok, Pantovčak, Dolac, fotografierte Mira, mich, unsere Strasse. Er blieb dieses erste Mal nur drei Tage, Mama kochte aufgeregt alles „vom feinsten", Papa mühte sich ab, nicht düster und schweigsam zu wirken. Aber Mira kümmerte sich um das alles nicht, es war ihr nicht wichtig was die anderen über ihn dachten, sie, so schien es, war bereits abgereist auf eine andere Galaxie, in eine andere Zeit.

Da ich Boris noch nicht kannte und mich gerade von Ivan aus meinem Archäologischen Institut getrennt hatte, glaubte ich nicht ganz ans Glück, an das Wunder Glück. Aber Mira glaubte daran und täuschte sich auch nicht.

Seit jenen Tagen, im Zeichen des unbekannten Flusses und des Dramas „Die Wupper", sind sechsundzwanzig Jahre vergangen.

Briefe, alte Fotos liegen überall in den Schubladen. Aber ich schaue sie jetzt nicht mehr an, ich lese sie nicht. (Vielleicht heute?) Und nicht nur wegen der Überraschung darüber, wie sich unsere Gesichter seit jenen auf den Fotos verändert haben, nein, die ersten Falten kann ich noch gut mit Schminke verdecken, nein, ich kann sie nicht mehr herausholen aus der Dunkelheit verschiedener Fächer, die nur noch Vergangenheit bedeuten, die unwiederbringliche, ihre, es fehlt mir die Kraft dazu. Bis heute hatte ich sie nicht.

Ich kochte noch einen Kaffee, zündete mir noch eine Zigarette an.

Die Esche im Garten, jetzt merke ich es, hat nach diesem starken Winter noch keine Blätter getrieben, auch die Hortensie ist verwelkt, wie in jenem März, als ich Boris verließ. Oder er mich. Wenn ich diesen Garten betrachte, vor dem Küchenbalkon und dem Balkon unseres ehemaligen Kinderzimmers, scheint es mir, dass das Leben, das in dieser Wohnung vergangen ist, auch nichts Anderes war als Tage ewiger Missvertändnisse, Abschiede.

14

Mira fing in Wuppertal schnell an, neben dem Schreiben, als Übersetzerin zu arbeiten, auch bei der Ausländerpolizei, Mutter und Vater sind heute schon pensioniert, und ich – ich arbeite noch im Archäologischen und bei der Scheidung war ich nicht mehr nervös, als sonst.

Boris hat eines schönen Tages, träge und langsam wie immer, mit gesenktem Kopf und hängenden Schultern, unser Zimmer verlassen, das ehemalige Kinderzimmer in der elterlichen Wohnung (oh, dieses Erbe des gemeinsamen sozialistischen Wohnens) und ging zurück zu seinen Eltern in das Neue Zagreb oder zu Elvira. Ich hatte nichts gefragt.

Heute weiß ich überhaupt nicht, warum ich ihn geheiratet habe. Mira hätte mir das sicher nicht geraten. An der Uni waren die Jungs für mich uninteressant, vielleicht war er dort von allen der am wenigstens „moderne"? Er war schweigsam, unaufdringlich, studierte Architektur, hörte nur zwei Semester Kunstgeschichte. So haben wir uns kennengelernt, und so weiter. Meine Alten erwarteten natürlich auch, dass ich nicht allein bleibe, die Kolleginnen heirateten, und der Druck der Umgebung, unsichtbar, war viel stärker als ich es bis dahin geahnt hatte.

Die Zeiger der Küchenuhr bewegen sich langsam wie im Traum, ich trinke weiter Kaffee und rauche die zehnte (verbotene) Zigarette. Ich dachte plötzlich: die Zeit ist verwelkt wie unsere blaue Hortensie. Und ich kann niemandem dienen mit einer Geschichte über den Schwesternhass.

Boris wurde ein ganz guter Architekt, aber schon in jener Studentenzeit interessierte er sich nur für urbanistische Pläne, er las keine Bücher, die ich liebte, er mochte kein Kino, mochte nicht ausgehen, keine Ausflüge auf Sljeme, keine Kinder, am liebsten saß er nach der Arbeit allein zu Hause, oder mit meinen Eltern und sah fern, in seinen ewigen Pantoffeln und seinem ewigen Schal um den Hals. Er saß und fror. Nie trank er ein Glas Wein, er mochte die Kleider nicht, die ich trug – und es war ihm immer kalt. Unsere Ehe, unser Bett, unsere seltenen Gespräche, all das langweilte ihn im Grunde und alles war ohne Wärme, ohne ein bisschen Zauber. Vielleicht war Boris schon immer alt und müde gewesen? Als Kind lebte er am Meer und starrte vermutlich ständig zum Horizont, eingehüllt in Vaters alte Jacke mit dem Schal um den Hals. Dieses Bild, wie er auf einer unbekannten Mole sitzt, setzte sich bei mir fest, als ob in ihm kein Blut floss, nein, alles war winzig, überanstrengt.

Vielleicht bin ich ungerecht, aber die Episode unserer Ehe dauerte in solchem meinem Gefühl volle fünf Jahre. Dann trennten wir uns in Frieden, ich war damals dreißig. An Mira hatte ich einen kurzen Brief geschrieben, und sie wunderte sich nicht. Über meine Freundin Elvira schrieb ich später. Die Zeiten waren uninteressant, in jenen Achtzigern, ich arbeitete weiter im Archäologischen Museum, und da das Geld für Geländeausgrabungen fehlte, saß ich jeden Tag an meinem Tisch und restaurierte alte Gefäße aus verschiedenen Nekropolen, klebte die Scherben, ging zum Kaffee mit Kolleginnen und mit Elvira ins „Splendid", sie erzählten über die Geliebten ihrer Männer, die Reisen, das Tanzen und wunderten sich, warum ich den treuen, ruhigen Boris verlassen habe – oder er mich, egal. Na, komisch bist du, das hättest du nicht nötig gehabt. Und die Faulheit, die Langeweile, das waren für sie keine echten Gründe. Jetzt bist du allein, ist es so vielleicht besser?

Seine Geschichte mit Elvira – die erfuhr ich erst später. Und dies offenbarte mir erneut die Ungenauigkeit der eigenen Wahrnehmung, alles nur naive Fehler – denn Elvira mochte auch mich, vielleicht wollte sie Boris vor dem ewigem Winter retten, vielleicht auch mich retten. Das sagte sie mir ein halbes Jahr nach der Scheidung, auf einer Bank auf Zrinjevac, und sie sagte es so, dass ich nicht verletzt und nicht überrascht wurde. So blieben wir weiterhin Freundinnen, arbeiteten im Archäologischen und überraschten nur die anderen Kolleginnen.

Doch Boris wurde schnell wieder müde und Elviras Gesicht immer ernster. Eines Tages hat er sie verlassen – wegen einer Neuen, von der er hoffte, dass sie ihn endlich erwärmen würde? Weder ich noch Elvira glauben, dass das überhaupt noch möglich war.

Seitdem die Esche nicht mehr ausschlägt, fällt in die Küche viel mehr Licht ein, jetzt sieht man viel klarer manche Bruchstellen auf den Kacheln, schmutzige Wände vom Kochen, die zerkratzte Fläche des alten Tisches, auf dem meine Tasse steht. Einst schrieb ich auf ihm, mit Mira, die Hausaufgaben, immer schnell, nervös. Sicher war ich auch später, mit Boris,

sehr ungeduldig. Schon stand ich im Mantel vor der Tür, als er noch langsam die Schuhe anzog, ich war mit dem Abendessen fertig, und er hatte
noch nicht zu essen angefangen, vielleicht war ich im Grunde zu schnell,
vielleicht war er gar nicht so langsam? In der Zeit fing ich an zu rauchen,
um die Zeit tot zu schlagen, bis Boris das Mittag- oder das Abendessen
beendet hatte. Ich saß am Tisch, leistete ihm Gesellschaft und rauchte. Wir
schwiegen. Bei der dritten Zigarette war er endlich fertig. Und mißmutig.
Ich brauche nichts, nur Brot und Butter, lasst mich in Ruhe, bin müde. Die
Alten hatten schon lange vor dem Fernseher zum Abend gegessen und
hatten dann mit ihm weiter alle Programme geguckt. Ich las in meinem
Bett, das weiterhin kalt war. Kleines Leben, kleine Gefühle.
Und jetzt also, auf diesem Küchentisch, liegen die abgenagten Knochen
unseres Familienlebens, das immer mehr zu einem alten Film wird, der
vielleicht aber nie gedreht wurde. Die Wahrheit, die unter den einstigen,
schnellen Bildern, unter den lachenden Gesichtern zweier Schwestern im
Familienalbum, scheint, allein mit Hilfe von Erinnerungen und Wörtern,
unfassbar. Der dicke Satz der Realität widersetzt sich der Beschreibung,
die Figuren bewegen sich, wie beim Schach, auf dem Tisch hin und her,
alles ist gut, alles ist schlecht – wie wieder das finden, was wirklich war?
Mira von damals, Mama, Papa? Wir alle sind unerreichbar in diesem Fluss
der Zeit, wir sind alle unstabil, und das Einzige was sicher ist, ist dieser
Holzstuhl, auf dem ich sitze – wenn er sicher ist. Und deshalb ist vielleicht
auch meine Geschichte nicht wichtig, die Wahrheit ist das, was sich von
der Realität unterscheidet.
Der Kaffee ist schon ganz kalt geworden. Ich spülte den Satz aus der Tasse,
wusch die Tasse, Untertasse, Löffelchen in der Spüle ab, trocknete mir
die Hände ab, zog die Haare nach hinten und band sie zu einem kleinen
Schwanz. Wieder schien es mir, als ob sich die Zeiger der Uhr überhaupt
nicht bewegten.
Ja, für mich ist sowieso alles viel zu langsam, auch dieser Gang der Zeit,
und die verlorene Jugend, das Leben, die alltäglichen Restaurierungen
im Archäologischen, alle dortigen Gespräche, nur Wiederholung und
Wiederholung. Nein, bin nicht unglücklich, dass ich mich später, nach der

dritten kurzen und falschen Verliebtheit – wo sind eigentlich die Männer für Frauen um die Vierzig? – entschieden habe, allein zu bleiben, nicht zu warten, dass hinter der Ecke der Richtige kommt.

Mira reiste rasch, nach Roberts Besuch in Zagreb, wieder nach Wuppertal und heiratete ihn. Sie war glücklich, das ist sicher. Robert war empfindlich, aufmerksam und er war ein Künstler. Seine Fotografien besaßen etwas von Traum und Vision, im Laufe der folgenden Jahre hatte er einige Ausstellungen und wurde immer bekannter. Es zeichneten sich die Möglichkeiten für ein Leben in Freiheit ab, Weggang von der Redaktion, jener Arbeit, die für ihn nicht interessant war.

Das war der Anfang, das war Miras Hoffnung.

Jetzt sind wir alle hier schon ein wenig gealtert und langsam müde, dann war der Krieg, wir saßen im Keller in der Nazor-Straße, litten, stellten Fragen, wie so etwas möglich ist, und wir schliefen mit Tabletten ein. Auch Mira hat dort, obwohl fern, in diesen Jahren gelitten.

Wenn ich stehen bleibe in der Mitte der Küche und die Augen schließe, dann scheint es mir, als ob ich unsere Kinderstimmen höre und das Lachen von einst. Oder das Weinen? Oder etwas, das wir vielleicht, wie auch alle um uns, die Eile nannten. Wir eilen dahin, dorthin.

Ich höre also, auch unser aufgeregtes Hetzen, das Ständige. Denn, anscheinend waren wir beide schon immer dummerweise nervös, meine Schwester und ich. Schon als Schülerinnen hupften wir beim Warten auf die Straßenbahn, mit der wir zur Schule fuhren, von einem Bein auf's andere, wann kommt sie endlich, werden wir denn doch zu spät kommen? Wir sind nie zu spät gekommen. Immer in dieser Hetze, standen wir schon eine halbe Stunde zu früh vor der großen Schultür, die geschlossen war – und doch kamen wir jeden morgen mit einer merkwürdigen Nervosität an. Vielleicht war das deswegen, weil uns unsere Eltern immer zur Eile drängten, macht den Tisch sauber, macht schnell eure Hausaufgaben, bringt schnell das Brot vom Markt, schnell, bevor der Papa kommt, räumt euer Zimmer auf, legt die Wäsche in die Waschmaschine, bringt bitte schnell frische Handtücher, schnell, schnell!

Die ganze Kindheit war eine ständige Hetzerei, nie gab es Zeit für gar nichts, nie ein Nichtstun. Der Vater rannte auch in sein Büro, die Mutter, nach ihrer Arbeit in der Bank, rannte kopflos durch die Zimmer und machte mal das, mal jenes, im Grunde alles überflüssige Aktivitäten, machte wieder die schon gemachten Ehebetten, wischte Staub, obwohl wir das schon gemacht hatten, stapelte Zeitungen für den Vater im Regal, dann auf das Tischchen neben seinem Sessel, dann auf die Couch, auf der er nach dem Mittagessen lag – wohin bloß damit? – kochte in ewiger Aufgeregtheit, dass das Mittagessen nicht rechtzeitig fertig sein würde, stand vor dem Herd und vergaß ständig, ob sie das Essen gesalzen hatte oder nicht, ob sie Vegeta schon hineingetan hatte oder nicht, das nötige Wasser zugegeben, Pfeffer vergessen, überhaupt dieses blöde Rezept von der Oma vergessen hatte. Dann schickte sie uns los durch die Wohnung, um das Heft mit Omas Rezepten zu finden, schnell, Kinder. Wir kramten aufgeregt in allen möglichen Schubladen, natürlich zu lange, so dass das Mittagessen fast anbrannte, und so wusste sie nicht, was noch alles zugegeben werden sollte diesem besonderen Essen. Und wenn wir das Heft fanden, dann blätterten wir und blätterten in dem Heft, in dem alle Rezepte ordentlich mit Rotstift unterstrichen waren – nur wo ist dieses Eine? – und wenn wir endlich das verfluchte vergessene Rezept fanden und die Mira es endlich der Mama laut vorlas, dann hatte sie oft nur mit der Hand abgewunken, aber das weiß ich doch Kinder, das ist nicht das, was ich heute koche, sucht weiter!

Schnell! Sucht! Lauft! Bringt mir mein Heft! Nicht träumen! Schnell, schnell! Wenn ich heute an diese Tage denke, dann scheint es mir, als ob die ganze damalige Zeit wie im Sturzflug vergangen ist, alles ist zerbröckelt in Bruchstücke aus schnellen Minuten und Sekunden, und nichts blieb übrig von dieser Zeit außer sie selbst, zerbröckelt im stürmischen Unwetter: überall fliegen Hefte, Staubtücher, Bürsten, Töpfe, Teller, es gab kein Aufatmen. Auch Papa war schnell. Er ging schnell, arbeitete schnell, aß schnell sein Mittagessen oder Abendessen. Mit uns und mit der Mama war er immer ungeduldig, für ihn war niemand von uns mit irgendwelcher Aufgabe fertig im Tempo seines Zeitmaßes. Für ihn waren wir alle immer nur zu spät. Auch den Wagen fuhr er viel zu schnell, fast unachtsam, und wir mieden die Sonntagsausflüge, weil wir uns nicht in diese Rakete setzen wollten, wir redeten uns aus, dass wir viel zum Lernen hatten und deshalb zu Hause bleiben wollen.

Bis zum Gymnasium kamen wir nicht einmal dazu, zu überlegen, was wir eigentlich einmal werden wollen, welcher Beruf uns am meisten interessiert (oder beglückt) hätte, im Sinne vom Verlassen dieser Hektik und des Hauses. Und so fanden wir lange nichts. Es gab keine Zeit zum Nachdenken für Pläne und nur nachts flüsterten wir in unseren Betten über Träume, die alle jungen Mädels träumen. Doch vergebens. Denn auch solche Nächte waren nur Ausnahmen, meistens fielen wir abends todmüde ins Bett und schliefen sofort ein, tief und schwer. Die Schlaflosigkeit kam später, viel später.

Mira wollte Sprachen studieren und ich, weiß nicht warum – Archäologie. Vielleicht interessierte mich eine ferne, von der Gegenwart ungekannte Vergangenheit mehr als diese jetzige, in der der Papa, nach dem Mittagessen, nervös in der Zeitung blätterte und auf die Welt schimpfte, über die Wirtschaft, die Politik, die Gaspreise, Obstpreise, Mamas sogenannte Verschwendungssucht, und unsere schreckliche Langsamkeit in allem. Eigentlich hat er irgendwie sowohl aus der Mutter, als auch aus uns unzufriedene Raser gemacht, aber ohne Aschenbahn, auf der wenigstens das Ziel markiert ist. Da Mama jeden Abend fern sah, ausgestreckt auf der Couch, und der Vater zuerst Patience legte (um die Nerven zu beruhigen), zogen wir uns oft in die Küche zurück und lasen alle möglichen Romane, die aus der Jugendzeit unserer Eltern stammten und die sie nicht mehr in die Hand nahmen, nie mehr, die Zeit war vorbei, vorbei das Interesse an der Literatur. Müdigkeit? Oder endet jedermanns Leben in diesem Überdruss? Mira schrieb mir später einmal, ich hätte zu viel gelesen und kannte darum zu wenig das Leben. Vielleicht dachten unsere Eltern auch, dass die Bücher uns eigentlich vor Irrtümern nicht retten würden.

Und so spülten wir ständig, in einer gewissen grauen Stimmung, jeden Tag das Geschirr nach dem Abendessen, als es jenen schönen Geschirrspülautomaten in der Küche noch nicht gab, Mama räumte die Teller in die Kredenz ein und murmelte zornig etwas, entweder wegen Vaters Kritik über ihre Geldausgaben, oder weil er wieder das Mittagessen nicht gelobt hat, und sie hatte sich so bemüht und das noch nach der Arbeit in der Bank, und so war sie immer bereit, uns wegen irgendetwas Sinnlosem auszuschimpfen, und wir duckten uns nur – und eilten weiter.

Der erste Freund, mit dem ich einige Male lange vor dem Gartentor in der Nazorova stand, fragte mich gleich, hör' mal, warum bist du so nervös? Ich war erschrocken. Und ich schämte mich. Bis da wusste ich nicht, dass auch ich so geworden bin wie die meinen, und wie die Aufgeregtheit, die ich so hasste. Ich denke, dieser Junge hat mich wegen diesem ständigem Hüpfen von einem Fuß auf den anderen, dem ständigen Ziehen der Ärmel über die Hände, des Haareziehens aus dem Gesicht, des Auf- und Zuknöpfens des Mantels, des sinnlosen Drehens des Kopfes, links, dann rechts, später verlassen.

Als ich dies am Abend Mira erzählte, hat sie nur hübsch gelächelt und gesagt, ja, wir sind eben nur zwei nervöse Schwestern. Aber das werden wir ändern, irgendwann. Sie legte das Buch von Bruno Schulz, das sie in der Hand hielt, weg und fügte an: „Wieviel von der alten, klugen Pein gibt es in den Lackschichten, in den Adern und Jahresringen unserer alten Schränke, denen wir beichteten", an diese Weisheit sollte man denken, das ja.

Denn der Schrank in unserem Zimmer war der einzige alte Gegenstand in unserer modern eingerichteten Wohnung, stammte von der Großmutter, Mamas Mutter. Und für uns war er noch viel mehr, das einzige Ding, das unsere Phantasie anregte. Es stimmt, seine glänzende Oberfläche war schon etwas matt, aber die Holzmuster konnte man immer noch gut erkennen und wir haben uns manchmal an Sonntagnachmittagen vorgestellt, wie wir in diesen Strudeln und mit diesen Kreisen verschwinden und in die Welt reisen, in die Vergangenheit und in die Zukunft.

Sonderbar, als Kinder reisten wir immer zusammen, wir dachten nie dran, wenigstens ich nicht, dass wir uns jemals trennen würden, dass Mira nicht in Zagreb bleiben würde, hier neben mir, sondern dass sie weggehen wird und dass die Entfernung zwischen uns sehr groß werden wird, ja, vielleicht unüberbrückbar.

Dabei erzählte uns beiden der Schrank damals seine Geschichte, er war für alle Zeiten verankert in unserem Zimmer, ein einziger unbeweglicher, ruhiger Punkt in der ewigen Hetze der Kindheit, die stabile Achse, um die wir ohne Eile kreisten und uns verschiedene Geschichten ausdenken konnten. Sagen wir mal, über unsere Oma.

Er wurde irgendwo in Graz gekauft, war aus der Zeit des Biedermeiers und irgendwelche unbekannten Verwandten schickten ihn mit dem Zug nach Varaždin als Hochzeitsgeschenk für die Großmutter. Und so stand sie in ihrem weißen Kleid mit dem Schleier auf dem Kopf lange vor seinem Spiegel, ordnete ihr Haar, glättete die Falten des Seidenkleids, betrachtete ihr Gesicht. Ja, so hatten wir uns das vorgestellt.

Der Tag in Varaždin war sommerlich heiß. Hat sie mit dem Taschentuch ihre Wangen abgewischt, die von der Hitze rötlich glänzten? War sie aufgeregt? Und glücklich? Oder fürchtete sie sich vor dem zukünftigen Leben mit dem jungen Mann, der als Angestellter in einem österreichisch-ungarischen Sägewerk arbeitete und den sie nicht lange kannte? Vielleicht war sie nicht unruhig, sie war jung, schwungvoll, unsere Mutter war noch nicht unterwegs. Denn alles geschah später.

Was sahen wir noch in der alten Politur?

Wie sie und er sonntags durch den Park spazieren gingen, in dem sich ein Pavillon befand, es war die Zeit der Walzer und Polkas, und sie saßen sicher auf der Bank, wenigstens ein Weilchen, hörten Musik, unterhielten sich leise, betrachteten die Beete mit Tulpen und Narzissen.

Die Großmutter hatte eine Haushaltsschule absolviert, ihre Eltern (über die wussten wir sehr wenig) waren nicht besonders wohlhabend, aber die Großmutter brachte in die Ehe zur Aussteuer den schönen Schrank, in dem ihre bestickten Tischdecken, weiße Laken, Handtücher mit Monogrammen, das Silberbesteck, ein schönes Kaffee-Service aus Porzellan (in unserer Küchenkredenz befinden sich noch zwei Tassen mit Untertassen aus diesem Service) und ihre Kochbücher waren.

Diese Großmutter sahen wir nur einmal, sie starb früh 1968 an Lungenkrebs (obwohl sie nicht rauchte), und wir waren damals fünf und acht, so dass die Erinnerung blass blieb, wie das Bild des Zimmers, in dem wir sie das erste und einzige Mal sahen.

Und so blieb sie für uns, an dämmrigen Nachmittagen immer noch in ihrem weißen Seidenkleid vor diesem Schrank stehen und wusste noch nicht, dass ihr Mann, unser Großvater, schon im zweiten Ehejahr mit dem Trinken beginnen wird – vielleicht trank er schon immer, und sie hatte es nicht gemerkt – und dass sie die schwere Last dieser Ehe tragen wird, wie auch sie nicht ahnte, dass sie bald ganz allein mit ihrer Tochter bleiben wird und für das tägliche Brot im Eisenwarengeschäft ihres Vaters arbeiten wird, wird wieder arbeiten müssen.

All das sahen wir vor dem Schrank, stellten uns die Erzählungen über Mamas Kindheit in Varaždin vor, sie waren sehr armselig. Wegen Sorgen, der Armut, wegen der Scham?

Doch in Großmutters Jugend, in den Jahren vor dem Unglück des groben, giftigen Alkohols, stand sie für uns lächelnd und heiter vor dem Spiegel auf den inneren Türen des Schranks, und die Sonne Varaždins war gelb, so gelb wie wir sie, viele Jahre später, noch auf einigen Gemälden von Miljenko Stančić sahen, und leichte Spitzenvorhänge wehten im Wind, durch das halboffene Fenster kam das Rauschen des Laubs, es war Sommer, früher Herbst.

Der Schrank hat alles bewahrt. Alle Wünsche, Hoffnungen, die Vergangenheit und unbekannte Zukunft. Zumindest dachten wir es so damals und streiften zärtlich mit den Fingern über den Lack der Türen. Und oft haben wir diese Tür mit dem Spiegel leise, vielleicht so wie sie, geöffnet und geschlossen.

Doch mit der Zeit erschienen im Spiegel dunkle Flecken und Großmutters früheres Gesicht wurde getrübt.

In unserer Erinnerung blieb es aber für immer dort, hinter Glas. Und unter diesem verdunkelten Frauengesicht, blieb lange in der Tiefe des Abglanzes jenes andere Bild: gelbe Sonne, weißes Kleid, der Windhauch.

Als wir als Kinder eines Regentages mit der Mutter die Großmutter im Krankenhaus in Varaždin besuchten, erblickten wir ein wachsfarbenes, blasses Gesicht einer mageren alten Frau – das war gar nicht die Frau aus unserem Album – der Blick war schon trüb, mit zitternden Fingern zog sie die Bettdecke hoch, sie wollte mit den Händen unsere berühren. Ihr

Händedruck war ganz schwach und die Stimme fast lautlos: Kinder, habt ihr noch meinen Schrank?

Natürlich, Großmutter, er steht in unserem Zimmer und ist sehr schön. Und wie neu, wie neu, fügte Mutter hinzu.

Die Großmutter schloss zufrieden die Augen, vielleicht hat sich zu der Erinnerung noch ein schwaches Lächeln auf ihren trockenen Lippen eingeprägt, noch hatte sie etwas leise gemurmelt und ist dann eingeschlafen. Wir haben mit der Mutter schnell das Krankenzimmer verlassen, das verregnete Varaždin, ihre Krankheit, unsere Phantasie.

Und vor dem Schrank war sie seitdem nicht mehr möglich.

Die Großmutter hatten wir nie mehr wiedergesehen.

Zum Begräbnis eines kalten Tages im November fuhren im Auto nur Mutter und Vater. Wir waren an diesem Tag, wie immer, in der Schule und den Eltern dankbar, denn auch ohne am Grabesrand zu stehen, haben wir die Bedrücktkeit über den Tod und den Abschied gefühlt.

Der Schrank ist jetzt in meinem Zimmer, in unserem ehemaligen Kinderzimmer, halbleer. Es fehlen Miras Kleider und Sachen, die Pullover und Schals von Boris, und so ist das nun nur noch ein alter Schrank, dessen Türen beim Aufmachen quietschen und dessen Spiegel immer trüber wird, die dunklen Flecken zahlreicher. In diesem Spiegel gibt es niemanden mehr; weder Mira von damals, noch die Großmutter im weißen Kleid, und ich allein kann nicht in jene Zeit zurückkehren, als wir, zwei Schwestern, lange davor standen, wie jene junge Braut einst und als wir alle drei noch dachten, alles wird einmal schön, alles wird gut enden, sicher.

Unsere Wohnung, sehr modern und aufmerksam eingerichtet, war in jener Zeit doch zu klein für uns alle. Das Elternzimmer, Wohnzimmer, unser Zimmer, die Veranda. In unserem Kinderzimmer wohnten später Boris und ich, weil seine Eltern eine noch kleinere Wohnung hatten und nicht im Zentrum, sondern in Neu-Zagreb. Für eine Mietwohnung hatten wir zu Beginn unserer Ehe kein Geld. So blieben wir, und in der Nazor-Strasse herrschte immer weiter das Gedränge, das Eilen ins Bad, die schnelle Zubereitung des Frühstücks, des Abendessens. Dieses Leben zu viert und seine Probleme waren mehr eine Frage der unangenehmen Nähe, als die Frage der Unverträglichkeit. Ah, diese unsere Ehen vergangener Jahre, zusammen mit den Eltern! Schon deswegen konnte das nicht gut enden. Heute scheint es mir, aber das darf man gar nicht sagen, für das Glück an das ich heute denke, braucht man eine Wohnung, braucht man Geld, betrügen wir uns doch nicht selbst.

Nach dem Weggang von Mira nach Deutschland in den Achtzigern, nach dem Weggang von Boris ein paar Jahre später, hatte ich endlich ein eigenes Zimmer, doch es ist kein Zufluchtsort geworden. In ihm herrschte der alte Schrank ohne Glanz, einige liegengebliebene alte Kleider Miras, die abgetragenen Schals von Boris, und die Erinnerungen wurden immer blasser, die Abschiede, wahrscheinlich auch meine Einsamkeit. Die Wohnung war weiterhin zu klein.

Mira schrieb mir zu Beginn viel über Wuppertal, aber sehr wenig über sich. Sie schrieb über die städtische Schwebebahn, die auf besonderer, hoch oben auf einer Eisenkonstruktion befestigten Schiene fuhr, also umgekehrt als unsere Hochseilbahn, deren Schienen auf dem Boden liegen. Und so hingen die Waggons in der Luft und fuhren in der Höhe der Hausdächer durch die Stadt, durch das Tal des Flusses Wupper. Sie schrieb, dass sie eine Dreizimmer-Wohnung haben und Robert einen eigenen Raum zum Entwickeln der Filme.

Wenn Mira und Robert, doch das war überhaupt nicht oft, bei uns in Zagreb waren, schliefen sie auf der Couch im Wohnzimmer. Armer Robert. Aber er war bescheiden und sehr aufmerksam, ging ins Bad immer nach unseren Eltern, war viel draußen um zu fotografieren, liebte Zagreb und so nahm er auch dies beengte Wohnen an.

Also, unser Familienroman war ein Roman über das Fehlen an Raum. Und bestimmt hat die ewige Enge aus uns so hastige und nervöse Figuren gemacht, denn nirgendwo gab es Platz für jemanden, der allein sein wollte, ohne Gesellschaft, insbesondere, weil das Bad ein Engpass war und so mussten wir in ständiger Eile unsere Kosmetiksachen wegräumen, im Zimmer wiederum unsere Hefte, Bücher, Aschenbecher, die auf den

Tischen und Stühlen lagen, damit man überhaupt mittags und abends essen konnte.

Wohin mit alledem, wohin mit uns?

Im Vorraum häuften sich Schuhe, Schuhchen, die Garderobe war immer vollgehängt mit Mänteln, zweimal fiel sie runter, die Wand hielt all diesem Gewicht nicht stand, im Bad hingen verschiedene Handtücher, jeder hatte seinen Haken mit Namen, die Waschmaschine lief unentwegt, nur wo sollte man das alles trocknen? Der Balkon war zu klein, obwohl wir Miras Blumen wegräumten, so dass nur dieser Hortensientopf übrig geblieben ist.

Da hat sich bis jetzt nicht viel geändert. Alles war vollgestopft mit Sachen, im Keller bogen sich und pendelten besorgniserregend hin und her Türme von Kartons, voll alten Krams, den Mama nicht wegwerfen wollte (der Vater war wütend), in diesen Schachteln lagen irgendwelche unbrauchbaren, unmodernen Kleider noch aus der Zeit des Sozialismus, alte Lampen, die man bei der Wohnungsrenovierung von der Decke abgenommen hatte, Omas Bücher aus der Jugendzeit in Varaždin (die wir beide mit der Zeit alle gelesen hatten, geheim – Vater: wozu braucht ihr diesen Mist?), die zerbrochenen altertümlichen Bilderrahmen, heute hängt in der Wohnung nur noch eine Lithographie von Chagall (Vaters Geschmack) und die Reproduktion eines roten Bildes von Rothko (Miras Lieblingsmaler) modern eingerahmt, sowie zwei konstruktivistische Bilder, die Vater einmal in Italien gekauft hatte (die Mutter hat nur missmutig abgewunken), in den Schachteln, diesen Türmen, lagen noch alte Rollläden (man soll nichts wegwerfen), leere Flaschen, Krüge und Berge alter Zeitschriften, Rechnungen, Zeitungen und in einer, vorsichtig eingewickelt in die Servietten mit Omas Monogramm, jenes altmodische Service – als ich Kind war tranken wir aus diesen Tassen den Kaffee, wusste Mutter zu sagen, und vielleicht blieb sie kurz mitten in ihrer Eile stehen und seufzte leise.

Sie hat über ihre Kindheit überhaupt nicht viel gesprochen. Wir haben oft, wenn wir es schafften, nachgefragt – sag, wie war es in der Schule, wie zu Hause, bist du in Varaždin zum Tanzen gegangen, hattest du einen Freund, doch sie schüttelte nur düster den Kopf und wir bekamen nie eine Antwort.

An was erinnerte sie sich überhaupt? Worüber wollte sie denn nicht reden? Über ihren Vater, der immer mehr trank und manchmal mit angeschlagenem Kopf aus dem Gasthaus heim kam? Sie war neun als er starb – hat sie das Geschrei und die Streitereien, die zerschlagenen Gläser, Flaschen in der Küche vergessen? Omas Tränen?

Sicher war sie als Kind erschrocken darüber und vielleicht wollte und konnte sie sich nicht an diese Nächte erinnern? Aber später, als sie mit der Oma allein blieb? Warum hat sie alle Namen der Mädchen aus ihrer Klasse vergessen, warum den Entschluss, nach dem Abitur die Stadt zu verlassen und die Mutter, warum überhaupt alles aus ihrer Jugend, im schönen Haus auf dem Platz, alles beleuchtet vom gelben varaždiner Licht?

Sie, aber auch wir, haben nach Großmutters Tod, haben Varaždin nicht mehr gesehen, das konfiszierte Haus dort in der Nähe des Parks hat die Mutter bis heute nicht zurück bekommen, aber sie hatte gehofft, dass das mal sein wird. Auch über unseren Vater wussten wir nicht viel.

Sein Vater war ums Leben gekommen, vermutlich gegen 1935, in einem Bergwerkunglück in Bosnien, wo er als Ingenieur arbeitete, seine Mutter starb ein Jahr später nach einer schrecklichen, damals unheilbaren Furunkulose und so wuchs der Vater beim Onkel auf, bei Vaters Bruder, den er wahrscheinlich, so dachten wir, hasste. Sie wohnten in der Vinogradska-Straße in einer dunklen Wohnung, nie hat er uns die Nummer dieses Hauses verraten, schnell verließ er diesen Stadtteil, studierte auf der Uni Ökonomie und wohnte seit 1948 mit einem Freund in Untermiete in der Mesnička-Straße und bis heute mied er diese Vinogradska-Straße. Als er einmal krank war, Gallenblasenoperation, lag er, natürlich, auf dem Rebro – nicht im Vinogradska-Krankenhaus, nein, nie!

Mehr als das, wussten wir nicht. Was wurde aus diesem Onkel, damals, was später, war er noch am Leben? Hat ihn wenigstens die Tante gerne gehabt? Nein, nichts, nur eiserne Stille.

Vielleicht hat man in unserer Familie, schon aus Platz- und Zeitmangel nicht über die Vergangenheit gesprochen? Nirgendwo konnte man in Ruhe und bequem sitzen und miteinander reden. Vielleicht war die elterliche Eile, und so auch ihr Schweigen, die Flucht vor dem, was war?

Mira sagte mir einmal auf meine ständigen Fragen: ich behalte nur das, was ich gelesen habe, alles Andere ist, als ob es verschwunden wäre, doch du erinnerst dich an das Leben. Die Leute sind so verschieden, lass all diese Fragen, vielleicht haben unsere Eltern tatsächlich alles vergessen.

Und den Zweiten Weltkrieg?

Wir wussten, dass Papa noch die Ökonomieschule besuchte, die Mutter war in Varaždin, auch noch in der Schule. Der Vater hat einmal mit Freunden Varaždin besucht, er wollte den berühmten Friedhof sehen, das war gegen 1950, dort lernten sie sich kennen. Wo und wie, das hatten sie nie gesagt. Nun, sie waren jung, verliebt, und der Krieg war schon irgendwo fern – er war nicht mehr in Varaždin, nicht in Zagreb. Für Politik haben sie sich sowieso nie interessiert, sie dachten an die Zukunft, an das Ende der Armut jener Nachkriegsjahre, an die neuen Tage einmal, wenn alles besser werden wird.

Und wir, in den Sechzigern geboren, da war schon so viel Zeit vergangen, man redete nicht mehr über den Krieg, nur in der Schule lernten wir noch über die Offensiven und hörten alles über die Zahlen, die Gefallenen, die Lager. Deswegen war diese Vergangenheit für uns nur jener Kriegsfilm über „Die Schlacht auf der Neretva", den wir einmal im Fernsehen gesehen hatten. Und das war wenig, eigentlich wussten wir nichts Wirkliches über diese Zeit. Aber der Krieg '91 brachte uns alle alten Fragen, Ahnungen, Lügen und Wahrheiten zurück.

Der Vater hat ziemlich lange nach jenem Krieg, obwohl er nicht in der Partei war, durch Beziehungen, diese Wohnung in der Nazor-Straße gefunden. Eine Wohnung ohne Untermieter war so was wie ein Hauptgewinn im Lotto, und meine Eltern zogen gleich ein, in diese, damals alten und ziemlich verwahrlosten Räume. Aber, unsere Eltern wussten es, die Wohnung werden sie einmal – Mira und ich waren schon in unserem Zimmer – umgestalten und modernisieren. Und als die Wände der Zimmer strahlend weiß wurden und überall das Glas der neuen Fenster glänzte, und als ins Wohnzimmer neue, moderne Möbel kamen, neue Bilder und das Bad rosa Kacheln bekam, dann kam aus Varaždin Omas Schrank, honigfarben, und blieb in unserem, jetzt meinem Zimmer, bis auf heute. Die Mutter mochte ihn nicht, der Vater wollte nicht, dass er die Harmonie der neuen Möbel störte.

Der schwere Schrank, der geduldig allen unseren Fantasien zuhörte und der jetzt ganz ohne Glanz geblieben ist.

Und auch ohne die Möglichkeit neuer Erzählungen oder Reisen in die Vergangenheit vor dem Spiegel. Alles ist nur noch das Gewesene, alles ist irgendwo spurlos verschwunden und jetzt steht auch Mira nicht mehr vor ihm in dem Zimmer.

In einem Brief schrieb sie: Auch ich habe mich geändert, liebes Schwesterlein, denn je länger ich in der fremden Welt bin, umso mehr vergesse ich alles Gelesene, aber die Bilder aus Zagreb, wir zwei dort werden immer klarer, sie drängen sich von allen Seiten auf und sie ändern das Gedächtnis. Es scheint mir, die Entfernung mindert meine ehemalige sprichwörtliche Vergesslichkeit auf alles was früher war, so dass sich eine Straße in Wuppertal in die Nazor-Straße verwandeln kann, ich schreite sie entlang und höre unsere Gespräche vor dem Schrank der Großmutter. Das ist sonderbar, nicht wahr, und eigentlich beängstigend.

In der Küche, in der ich sitze ist es jetzt schon ganz dunkel.

Auf ihren Wänden tanzen die Schatten nackter Zweige der Esche aus unserem Garten, zeichnen neue Formen, denn alles was ich mir über Miras Leben dort vorgestellt habe, scheint mir jetzt wie eine Kugel, mit einem Sprung im Glas, in der sie sich spiegelt, ein wenig verzerrt und ungenau, unvollständig.

Warum hat sie mir in der letzten Zeit immer seltener geschrieben, oft nur Zeitungsausschnitte geschickt, die sie für mich übersetzt hatte und irgendwelche merkwürdigen drohenden Nachrichten aus diesem fernen Westen. Wo blieben all jene Zitate von Else Lasker-Schüler, diesem „schwarzen Schwan Israels", wo ihre Worte: „Ich bin verliebt in diese Stadt und stolz auf ihre Hängebahn; ihre Metallschrauben sind wie ein Stahldrache, der mit glühenden Augen schlenkert und so über diesen schwarzfarbigen Fluss reist …"

Ich denke, Mira hat später kein einziges Drama mehr geschrieben. Doch darüber schwieg sie. Sie absolvierte noch einige Prüfungen und arbeitete als Übersetzerin beim Gericht. Und jene Übersetzungstätigkeit bei der Polizei – wurde dies zu schwer für sie, alle jene Geschichten unserer armen Kriegsflüchtlinge, oder kleiner Ganoven, die etwas gestohlen oder schwarz gearbeitet haben? Ich weiss es nicht, nichts weiss ich. Nur eins weiss ich, dass ihr und Roberts Interesse für die Kunst und für uns in Zagreb, immer präsent war.

Briefe, Zettel, Ausschnitte und die Fotos hier vor mir auf dem Tisch sind im Dunkeln der Küche nicht mehr erkennbar, man sieht die Buchstaben nicht – in dieser Dunkelheit ist auch jenes mir unbekannte Land wie verschwunden, ihr Leben dort in der Stadt, in die ich nie gereist bin. Nein, Mira kam mit Robert immer zu uns. Natürlich, sie luden mich immer ein, sie endlich zu besuchen, aber ich sprach kein Deutsch, nicht ein einziges Wort, ich reiste überhaupt nicht gerne, meine Neugier war all diese Jahre überhaupt nicht existent. Oder war es jene alte Angst des kleinen, grauen Geschöpfes?

„Warum hockst du ständig in dieser Nazorova, sei nicht so unbeweglich, hier wird es für dich gut und interessant sein …" schrieb sie manchmal.

Aber was sollte schon gut sein? Die Garderobe war für mich nicht besonders wichtig, das waren nicht meine Wünsche, alle diese Geschäfte, Ausverkäufe, Gelegenheiten, die Bücher in den Auslagen der Buchläden würde ich nicht verstehen, nicht einmal die Titel, und die Stadt, der Fluss – schon immer war ich ein Zimmerwesen, rührte mich ungerne aus ihm heraus, aber vielleicht wollte ich auch, dass mir die Vorstellungen über Mira in jener Stadt lange erhalten bleiben, dass ich nicht ihre „Realität" sehe, vielleicht ängstigte mich das mehr, als die Fremde? Und jetzt, wo ich gerne reisen würde, wo sich der kleine Zimmergeist verändert hat, jetzt ist es zu spät, für sie, für mich.

Mein Blick fiel erneut auf die Hortensie auf dem Balkon. Sie ist meine dritte Pflanze, die den Winter nicht überlebt hat. Ich betrachte meine Hände – nein, das sind auf keinen Fall sogenannte Grüne Hände, meine Mühe um die Blumen ist umsonst, mir gelingt nichts, nichts wächst, Mira dagegen setzte ohne große Anstrengung jeden Frühling die ersten Pflanzen in die Töpfe und Töpfchen auf dem Balkon und alles blühte den ganzen

Sommer und Herbst, alles wuchs. Und die Hortensie hat immer den Winter überdauert.

Als sie die ersten Jahre mit Robert nach Zagreb kam, immer ging sie gleich auf den Balkon, um ihre Blumen zu sehen – und wurde wahrscheinlich traurig. Denn die Blumen wurden in diesem ersten Jahr, wegen meiner Unbegabtheit, immer ärmlicher in ihrer Blüte, jedes Jahr fehlte ein Töpfchen mit den Pflanzen, die eingegangen waren, der Balkon wurde leerer, und ich stand verschämt neben Mira und schwieg. Mira hat nicht geschimpft, wie einst, als sie, wegen meiner Ungeschicklichkeit, nur unzufrieden mit der Hand abwinkte, sie warf mir nichts vor, sie ertrug das Schicksal der Verluste und so blieb zum Schluss noch diese Hortensie, und jetzt wird auch sie die letzte Blume in der Nazorova sein. Denn die Mutter sagte weiterhin, der Balkon, das ist eure Sorge, Kinder, sie kümmerte sich nie um irgendwelche Blumen, Pflanzen, Giessen, Zweige schneiden, das Einpacken der Pflanzen ins Zeitungspapier gegen Frost. Das alles war Miras Sorge, solange sie bei uns war. Und so beschimpfte mich niemand mehr wegen der gestapelten leeren Blumentöpfe unter dem Balkon, die Mutter ging sowieso nicht oft auf ihn, die Blumen interessierten sie nicht, er diente jetzt zum Wäscheaufhängen (meine Aufgabe war das Waschen) und das war alles.

Mutters Präokkupationen waren ganz andere. Jahrelang ging sie nach der Arbeit in der Bank und nach dem Kochen aus, wie sie das nannte, in die Ilica, bis zum Platz, und suchte – das war so etwas wie eine Obsession – verschiedene, eigentlich unnötige Kleinigkeiten: hohe Glasvasen (obwohl die Wohnung voll von Vasen war), Teller mit Blumen- oder Obstmotiven (auch davon gab es zuviel), verschiedene Lampen, Aschenbecher, einen überflüssigen achten Teppich, neue Vorhänge (obwohl die alten noch in Ordnung waren) und noch vieles für die Wohnung, immer für die Wohnung. Vater guckte mit Verachtung auf all die gekauften Sachen und nach einigen Tagen und ohne Worte, stellte er sie in den unteren Teil der Kredenz. Aber sie ärgerte sich, kaufte weiter bis zu jenem, mir unerklärlichen Tag, als sie die Couch und das Fernsehen entdeckte. Und so, insbesondere seitdem sie im Ruhestand ist, rührt sie sich nicht mehr weg, sondern schaut unentwegt und stundenlang in die Röhre.

Der Vater, seitdem er in Ruhestand ist, blieb so wie er war. Immer ungeduldig, nervös, immer schlecht gelaunt. Weiterhin schimpfte er auf die blöde Politik, unfähige Wirtschaftler, Architekten, unbegabte moderne Künstler, auf alle diese unfähigen Leute, die nach ihm, alles immer nur vernichtet und nichts richtig zustandegebracht hatten. Nur im Krieg, da wurde er fast stumm, sprach überhaupt nicht viel, war nur etwas nervöser, aber nicht uns gegenüber, nein, all das kochte nur in ihm selbst. Jetzt legt er wieder seine Patience und abends schaut er mit der Mutter fern. Sagt nichts mehr darüber, wie er das Programm findet. Manchmal schauen sie auch ein ausländisches Programm, verschiedene Filme, auf dem Balkon ist der Teller der neuen Antenne befestigt, aber das schauen sie nicht oft, mehr sehen sie das einheimische Programm.

Für mich sind sie und blieben sie ein so normales Ehepaar, wie viele Eltern meiner Kolleginnen und Bekannten. Aber auch wir, das muss ich zugeben, kümmerten uns damals nicht übermäßig um sie. Sie waren unsere Wirklichkeit, bedeuteten Forderungen und Befehle und das war's. Eigentlich waren sie tolerant, verlangten nie irgendwelche Erklärungen für unser Vorgehen, nein, sie waren auch nicht zu streng, nur Miras Weggehen hatte sie sehr überrascht, sie waren unvorbereitet auf diese Energie und den Wunsch nach der Reise in die unbekannte Welt.

Langsam sammle ich die Briefe, Zettel und Zeitungsausschnitte vom Tisch auf und trage sie aus dem Dunkel der Küche in mein Zimmer. Jetzt kommen die Eltern bald, die zu Besuch bei Freunden sind, mit denen sie sich seit Jahren treu einmal in der Woche treffen. Doch Tisch und Küche sollen leer sein, wenn sie heimkommen.

Die Tischfläche soll für sie leer bleiben, eine leere Tafel des so leeren Abends im Zagreber Frühherbst.

In meinem Zimmer lege ich alles auf das Bett. Ich erinnere mich noch, wie Mira, vor ihrer Abreise nach Wuppertal da ein Blatt Papier liegengelassen hat, auf dem sie mit der Hand ein Gedicht von Else Lasker-Schüler abgeschrieben hat.

Ein Lied

Hinter meinen Augen stehen Wasser
Die muß ich alle weinen

Immer möcht ich auffliegen,
Mit den Zugvögeln fort;

Bunt atmen mit den Winden
In der großen Luft.

O ich bin traurig …
Das Gesicht im Mond weiß es.

Drum ist viel samtne Andacht
Und nahender Frühmorgen um mich.

Als an deinen steinernen Herzen
Meine Flügel brachen,

Fielen die Amseln wie Trauerrosen
Hoch vom blauen Gebüsch.

Alles verhaltene Gezwitscher
Will wieder jubeln,

Und ich möchte auffliegen
Mit den Zugvögeln fort.

Wollte sie mir mit diesem Gedicht etwas über die Gründe ihres Aufbruchs sagen und welche unerfüllte Sehnsucht in ihr so lange verborgen war?

Nein, Mira hat mir nicht alles gesagt. Eines Tages ist sie nur weggeflogen, wie ein Zugvogel. Und mehr über Else hatte sie mir später, in Zagreb, erzählt. So zufällig sie ihr Drama fand und ihre Stadt, so unerklärlich war ihre Suche nach ihr, ihr Interesse für ihre Gedichte, ihre Biographie. Elses Gedichte hatte sie aber weiterhin übersetzt und von Zeit zu Zeit schickte sie mir einige Übersetzungen. Alles bewahre ich auf, alles lese ich. Im Grunde kenne ich ihre Briefe und Zettel auswendig. Für mich sind sie eine feste Achse meiner Abende, meiner Tage geworden, in ihnen finde ich wenigstens jetzt nachträglich einige Antworten auf meine Fragen an Mira. Heute würde ich sie auch noch fragen, warum sie mir immer Briefe mit der Hand schrieb, nicht ihren PC benutzte, und so habe auch ich ihr geantwortet, nahm den alten Füller, den ich fast nicht mehr benutze, und mein kleiner Laptop blieb ungeöffnet auf meinem Tisch stehen.
Ich würde sie fragen, was ist um sie herum plötzlich, trotz der Liebe zu Robert, grau oder schwer geworden, dass sie plötzlich müde, so früh müde wurde?
Oder waren wir beide nur immer noch zwei altmodische, nervöse Fräuleins? Ungeduldig im Alltag und mit den Menschen, die uns umgeben, erfüllt mit sonderbaren Ansichten über das Leben, seine Möglichkeiten in dieser Zeit, einer Zeit, die schwer war, und wahrscheinlich für unsere Generation gnadenlos.
Nein, das hätte ich nicht gefragt.
Ich wende den Kopf von dem Bett weg und höre wie das Schweigen in unserem Kinderzimmer eiskalt wird.
Glas, Scherben, Eis.
Mira kam zu uns mit Robert immer im Frühling, sie fürchtete die Zagreber Sommerhitze. So war der Monat März deren Monat, wie wir das damals nannten, oder genauer, es waren Miras Tage. Die Mutter backte nächtelang Kuchen, das tat sie nicht einmal mehr zu Weihnachten, auf dem Tisch in der Küche lagen unzählige Rezepte von dem, das sie für sie vorbereiten wollte

und da lag auch das alte Heft der Großmutter, aus dem ihr Mira einst das Rezept der berühmten Oma-Torte vorgelesen hatte. Das Wohnzimmer wurde peinlich aufgeräumt, die Vorhänge schon Tage vor ihrer Ankunft zugezogen, weil sie wusste, dass Miras Haut das Licht nicht verträgt. Sie holte ihre Glasvasen aus der Kredenz und kaufte sogar Blumen, kurz und gut, sie war anders als sonst, war wahrhaftig aufgeregt. (Gelegenheit für meine Eifersucht, aber ich war es überhaupt nicht, sondern war auch nur aufgeregt).

Denn schon damals waren unsere Tage in der Nazor-Straße eintönig gewesen und eigentlich geschah nichts Neues mehr. Alles ging seinen üblichen Gang, mein Archäologisches Museum schmolz weiterhin jeden Sommer in der Hitze, meine Eltern träumten ständig von einer Klimaanlage, die wir uns in diesem Sommer unbedingt anschaffen müssen, die Mutter hatte ihre Couch, der Vater seine Patience, und mir, mir blieben die Briefe, die Zettel und die Fragen, alles war also unverändert geblieben, bis zu Miras Frühling. Dann musste Ivanka, die weiterhin einmal in der Woche zum Putzen der Wohnung kam, öfter kommen und um sieben Uhr am Morgen alles wieder saubermachen, was schon sowieso sauber war, aber auch sie sagte nichts, sie freute sich nur über Miras Ankunft.

In diesen Jahren begann Zagreb sich zu ändern, Zrinjevac war jetzt schön gestaltet worden, die Fassaden im Zentrum waren frisch getüncht, die Häuser der Oberstadt bekamen ihre gelben, österreichisch-ungarischen Farben und die Straßennamen zurück, überall sprossen neue Glasbauten, neue Geschäfte, in die Stadt kehrte langsam der Westen ein. Alles war schön, alles aber auch teuer.

Denn die Städte rollen wie verschiedenfarbige Kugeln, das was unten war ist jetzt oben und umgekehrt, und so drehte sich sicher auch Wuppertal um die Achse der neuen Zeit, und mir schien durch all die Jahre, als ob es auch immer weniger Miras und Roberts Stadt wäre, und besonders konnte es nicht mehr die Stadt der Dichterin Else sein, die Stadt des Grüns und alter Straßen, denn auch dort sprossen mit noch größerer Schnelligkeit die Neubauten, Kaufhäuser, die engen Straßen wurden mit Autos verstopft, überhaupt, alle Städte ähnelten eine der anderen, es verschwand jener eigentümliche, besondere Charakter dieser ehemaligen Siedlungen, als wir wegen des Graus und der Verwahrlosung der Fassaden stöhnten – ja das ist ein altes Dilemma, dass alles Neue auch manch schmerzliche Veränderung mit sich bringt. Vielleicht nicht eine gefährliche, aber in jedem Fall eine Veränderung; auf die jeder anders reagierte. Und Miras Haut reagierte besonders empfindlich auf diese neue Sonne, die Smog-Sonne, und ihre Liebe zur Poesie litt vielleicht noch anders wegen des Verschwindens von Elses Stadt, wir redeten nicht viel darüber, aber die Zeitungsausschnitte, die sie mir schickte, sprachen über eine neue Entfremdung, über das Fehlen der Poesiebücher in den Schaufenstern der Buchläden, über die Verachtung des blöden Mitgefühls, über die Gefahr für die Seele, die wir immer öfters vergessen, weil wir uns beeilen, Geld verdienen mussten, uns mit Steuern, Kontozahlen befassten, uns um die Benzin-, Gas-, Strompreise, um die Nahrung und die Pestizide, um den Ansturm neuer Krankheiten, überhaupt um die Gesundheit, ah ja, um unsere Gesundheit, kümmern mussten.

Das kleine verängstigte Geschöpf begann durch Miras Briefe langsam seinen Blick auf unser Leben anzunehmen und was am erstaunlichsten ist, es wurde deswegen nicht ängstlicher, nein, manches Mal fühlte es sich von dem Schuldgefühl für das eigene Schicksal befreit. Es sah, allen oder vielen erschien es, dass ihr Weg falsch ist, denn schicksalhaft sind wir mit den Zeiten, in denen wir leben verbunden, ähnlich wie mit dem Haus, in dem wir aufgewachsen sind. Und die Poesie kann nicht alles retten, auch sie ist nur eine Hortensie, die man pflegen und gießen muss. Darin habe ich ja schon versagt. Und das müsste man als erstes ändern. Danach gibt es immer noch genug Zeit über andere Veränderungen nachzudenken und auzuhören, Angst zu haben vor den Tagen, die kommen.

Mit Mira sprach ich also später nicht mehr darüber. Am Anfang erzählte sie mir in Zagreb sehr viel über Else Lasker-Schüler, und so wusste auch ich mit der Zeit viel über das Leben ihrer Dichterin, über die Poesie, die Mira weiterhin übersetzte, so wie sie mir auch weiterhin ihre Gedichte schickte, Gedichte, die für mich manchmal schienen, wie von Mira geschrieben.

Heimweh

Ich kann die Sprache
Dieses kühlen Landes nicht,
Und seinen Schritt nicht gehen.

Auch die Wolken, die vorbeiziehen,
Weiß ich nicht zu deuten.

Die Nacht ist eine Stiefkönigin.

Immer muß ich an Pharaonenwälder denken
Und küsse die Bilder meiner Sterne.

Meine Lippen leuchten schon
Und sprechen Fernes,

Und bin ein buntes Bilderbuch
Auf deinem Schoß.

Aber dein Antlitz spinnt
Einen Schleier aus Weinen.

Meinen schillernden Vögeln
Sind die Korallen ausgestochen,

An den Hecken der Gärten
Versteinern sich ihre weichen Nester.

Wer salbt meine toten Paläste –
Sie trugen die Kronen meiner Väter,
Ihre Gebete versanken im heiligen Fluß.

Ja, das hätte auch Mira schreiben können. Später brachte sie mir das „Museum der zeitgenössischen Poesie" von Magnus Enzensberger und zeigte mir die Seite mit dem Namen der Dichterin. Hinten, im Autorenregister, stand ihr Name unter dem Namen von Miroslav Krleža, Mira zeigte mit dem Finger auf ihre Namen, schloss das Buch und begann mit geschlossenen Augen zu sprechen: Else wurde 1869 in Wuppertal-Elberfeld geboren, starb 1945 in Jerusalem. Sie stammte aus einer reichen bürgerlichen Familie, aber ihr ganzes Leben war sie arm, ruhelos. Nie besaß sie eine eigene Wohnung. Bis 1933 lebte sie in Berlin, war freundschaftlich mit Georg Trakl verbunden, mit seiner Schwester Grete, mit dem Maler Marc, mit Werfel, Schönberg, mit dem Dichter Benn. Mehrere Jahre war sie mit Herwarth Walden, dem Herausgeber der berühmten und einmaligen Zeitschrift „Sturm" verheiratet. Nach der Trennung blieb sie in dieser Gesellschaft und mit Walden im freundschaftlichen Verhältnis. Als Hitler an die Macht kam, floh sie zuerst in die Schweiz, dann kam sie über Ägypten nach Israel. Sie starb in großer Armut im Exil, begraben ist sie auf dem Ölberg in Jerusalem.

Darüber, über Else, kann ich dort so nur mit Robert und Inge sprechen. Mira öffnete die Augen. Plötzlich merkte ich, dass etwas geschehen ist, sie war erschrocken, mir etwas völlig Unbekanntes bei Mira.

Später, am Abend, erzählte sie mir, was in jenem Winter in Wuppertal geschehen war. Die einzig wirklich gute Ehe, die sie im dortigen Bekanntenkreis kannten, war die Ehe ihrer Freunde Inge und Peter. Sie war eine sehr schöne Frau, klug, voller Gefühl für andere und für die Welt um sie herum und für ihn. Er war kein besonders schöner Mann, vergötterte aber Inge, wachte über sie, half ihr in allem. Dieses Paar strahlte eine sonst so seltene Harmonie aus, die Vertraulichkeit zwischen Ihnen war fast wie ein kleines Wunder in der Zeit, in der sich Freunde um sie herum trennten oder die Trennung wollten.

Beide waren fünfunddreißig Jahre alt, Inge schrieb Filmszenarios, war schon mehrere Male Mitglied der Jurys bei verschiedenen Filmfestivals, der kleineren, für die Filmkunst. Peter war Dozent für Germanistik an der Universität in Düsseldorf, und weil Wuppertal keine Universität hatte, fuhr er dreimal in der Woche mit dem Wagen zu seinen Vorlesungen. Dazu kam seine technische Begabung, er wusste alles, sei es über Computer oder übers Auto, die Elektrik, den Boiler und überhaupt über die Geräte im Haushalt. In all dem half er Inge, die nicht besonders praktisch war und die selbst nicht Auto fuhr.

Mira und Robert waren oft bei ihnen in der schönen Wohnung voll Bücher und Bilder, und Inge hatte in ihrem Arbeitszimmer auch eine Reproduktion von Rothko an der Wand, fast strahlend gelb. Sie kochte immer etwas „Neues" und nach dem Essen saßen sie beim Rotwein bis spät in die Nacht und erzählten, erzählten. Zwischen ihnen gab es keine Geheimnisse. Sie gingen auch zusammen an der Wupper entlang spazieren, interessierten sich für dieselben Dinge, dieselben Filme, Bücher, Maler.

Inge und Peter waren zwölf Jahre verheiratet. Kinder hatten sie nicht. Mira fragte sich oft, warum: denn ihre Existenz war nicht so unsicher, wie ihre, sie waren nicht zerrissen zwischen zwei Ländern – denn wir wissen immer noch nicht, wo wir am liebsten leben würden, noch immer warten wir, dass wir uns, vielleicht wegen etwas „Drittem" entscheiden für jenes: Wo! Mira lächelte und ich dachte wieder, Mira hat sich verändert, etwas ist anders geworden

In einer Nacht klingelte Inge an ihrer Tür, sie war sehr blass und fragte nur, kann ich bei euch übernachten?

Sie machten ihr schweigend das Bett – denn Inge war weiterhin stumm – und schlossen leise die Tür hinter sich. Sie wollten nichts fragen. Mira schaute nur fragend zu Robert hoch und er zuckte mit den Schultern, ja, etwas ist geschehen.

Am Morgen, beim Frühstück, sagte Inge flüsternd, Peter hätte schon seit einem halben Jahr eine Geliebte und ich – wahrscheinlich nur noch diese Tasse, die ich in der Hand halte.

Mira und Robert waren entsetzt. Nie, nie, nicht einmal im Traum, hätten sie an so etwas gedacht.

Aber nein, nicht das ist für mich das Schlimmste, sprach Inge weiter, das Schlimmste ist, dass er mir so lange nichts gesagt hat, dass er nicht zugelassen hat, dass ich irgendeine Veränderung an ihm bemerke. Gestern habe ich ihn gefragt, das erste Mal kam mir sein Gesicht fremd vor, was ist? Dann sagte er es. Könnt ihr das glauben? Ein halbes Jahr Verstellung und Lügen?

Die Sonne fiel auf ihr langes, braunes Haar und die Strähnen bekamen rötliche Reflexe, sie war wirklich schön.
Wir, die immer über alles sprechen konnten, mir hat Peter alles verschwiegen, was mit ihm geschieht. Diese Frau ist auch Dozentin an der Philosophischen Fakultät in Düsseldorf, dort haben sie sich auch getroffen. Sie war zehn Jahre verheiratet, ihr Mann hatte sich vor drei Jahren unter den Zug geworfen, sie war natürlich lange verzweifelt und plötzlich fand sie eben meinen Peter, den Mann ihres Lebens. Große Liebe und so weiter, sie weiß genau, was sie will, nie wird sie ihn loslassen. Er ist der Größte, der Einzige, sie schickt ihm e-Mails, ruft ihn an…
Und Peter?
Er ist nicht mehr der, der er war. Er hat alles vergessen, alle gemeinsamen Jahre, die Liebe, das Verständnis, er ist wie jemand, der den Verstand und das Gedächtnis verloren hat, es ging uns wirklich gut, nein, ich begreife nichts mehr. Aber wie konnte er ein halbes Jahr schweigen, wie immer lügen, auch ihr habt doch nichts gemerkt, nicht wahr? Inge wollte nicht weinen.
Ich fühle mich, als ob ich bei Grün über die Straße gelaufen bin und plötzlich hat mich ein Auto angefahren – das ist schrecklich, Schmerz und Angst.

Das war tatsächlich ein überraschender Schlag in die Mitte ihres Wesens, noch immer war sie wie versteinert, in der Hand hielt sie nur krampfhaft die leere Kaffeetasse.
Nein, ich wusste nichts. Er sagte noch etwas Grässliches: sie will von mir kein Kind, so wie du. Das habe ich noch niemandem gesagt, über diesen meinen Kinderwunsch, aber Peter sagte immer, wir haben noch Zeit, wir warten noch. Das waren vielleicht unsere einzigen schwierigen Gespräche. Und noch etwas, er wünschte weiterhin dieses Parallelleben, kann sich noch nicht entscheiden, aber das glaube ich ihm nicht, das ist eine Lüge. Ich sagte ihm gestern, dass ich ihn bitte, die Wohnung zu verlassen, ich weiß

nicht, ob er das schon getan hat und zu ihr gezogen ist. Ich bin zu euch gerannt, verzeiht es mir, gestern konnte ich euch nichts sagen. Jetzt kann ich nur hier sein, mit euch und mit dieser Tasse in der Hand.

Ah, ja, wir sind fünfunddreißig Jahre alt, moderne Frauen, und doch – das ist etwas Ewiges – es erschüttern uns Dinge, die heute wahrscheinlich mehr als normal sind. Mode, Schminke, das ist nur etwas Äußeres, unsere nackten Bauchnabel, kurze Shirts, doch in der Tiefe unseres Wesens sind wir irgendwelche unvergängliche Virginien, Marinen, wir suchen stets auch ihre Gesellschaft, während wir Techno hören. Wenigstens wir, du Inge und ich, hatten das gesucht und gefunden, ich kenne viele junge Frauen, die sich eine dauerhafte Verbindung wünschen und es stört nicht, dass sie sich ironisch und sicher fühlen, uns als die Ehemalige betrachten, wenn wir über die Liebe sprechen. Vergiss nicht, unter dem glänzenden Lack der Modernität liegt auch eine ganze Geschichte der Frauenschicksale. Es ist nicht gut, wenn diese Kette reisst.

Inge hob den Kopf und stellte die Tasse auf den Tisch.

Mira stand eine zeitlang schweigend in unserem Zimmer und setzte dann ihre Erzählung über jenen Morgen in Wuppertal fort. Robert sagte noch, sicher, Inge, wir sind nicht gerade typisch, wir sind ein wenig doof vor dieser Zeit, aber wozu sich ändern, wenn wir immer noch bestimmte Dinge lieben, die vielleicht niemanden mehr interessieren, Bilder, Bücher. Doch jetzt sind Zeiten Anderer, das ist völlig in Ordnung, aber sie sollen uns irgendwo in der Tiefe der Zeit lassen, am liebsten irgendwo neben Kafka und Musil. Auch das ist modern. Auch das ahnte alle Vernichtung, die Vertreibungen, die Kriege. Du brauchst dich nicht zu schämen, dass du diese und solche Gefühle hast, Peter wird auch einmal stehenbleiben in seinem neuen Flug und wird zurückblicken, vielleicht dann sehen, wer du warst.

Vielleicht. Jetzt will er nur, wenigstens für eine gewisse Zeit, dass wir zu Dritt sind. All das ist möglich, wenn du es willst. Warum nicht, im Grunde genommen ist es meistens so. Aber auch das gab's schon, dies alles ist bekannt, ich sehe nicht, an welche Freiheit er da denkt. Egal, ich kann das sowieso nicht, das können auch viele meine Freundinnen nicht, die deshalb lieber alleine geblieben sind. Ich verstehe ihn nicht mehr, vielleicht tue ich ihm Unrecht, aber im Augenblick interessiert mich das nicht. Mira, bring' uns lieber die schöne Monographie Rothkos, ich möchte Bilder anschauen, nicht mehr nachdenken. Lacht nicht, mich kann diese Magie des Traums und das Bewusstsein der Zeit, diese ruhigen Farbflächen wirklich trösten. Was kümmert mich die Welt, soll sie lachen, sie braucht mir nicht zu glauben. Was ist das Geheimnis von all dem? Vor dem Raum dieser Bilder finde ich Beruhigung und Trost. Das fragte sich Inge, fragte Mira. Und sie schlug eine neue Seite des Buches auf. Rot, rot – das ist noch kein Unglück, es kommt mit den grauen Bildern, nicht wahr? Auch Rothko war ein Flüchtling, seine Eltern verließen mit ihm Russland als die Pogrome anfingen, auch er trug in sich die Tragödie zweier Kriege, diese Bilder, besonders das Pilgrim-Projekt, sind Gebete gewesen.

Mira drehte sich wieder zu mir: Weist du, Inge hat das wirklich nicht verdient, aber gegen diese Art Ungerechtigkeit gibt es keine Verteidigung. Es gibt nichts, was wirklich und auf ewige Zeiten sicher wäre. Auch für mich nicht. Das muss man wissen.

Und ich dachte wieder – Mira hat sich dort verändert.

Aber unser Zimmer, das hier, wartet auf dich und Robert für immer, diese Worte habe ich fast gestottert.

Ich weiß, Schwesterchen, auch dieser Spiegel mit den schwarzen Flecken, trüb wie die Zeit, die vergangen ist. Ich weiß, auch du bist allein wie Inge, aber momentan kann ich dich nicht ermutigen. Die Liebe ist gefährlich und wir, du, in Gefahr. In Gefahr sind auch unsere Vorstellungen, ich möchte nicht sagen Illusionen, unsere ovalen Bilder, die auf den Gräbern verbleiben werden, unser Talent für alles, was sich nicht lohnt, unsere Überzeugungen, die trotzigen, unser beständiger Drang zum Scheitern, unsere Krankheiten.

Schweigend blickte ich zum alten Schrank. Sie hat Recht, hat Recht. Falsche Menschen zur falschen Zeit. Bald bin ich fünfzig und weiß immer noch nicht, was ich bin, ob das graue, versteinerte Geschöpf oder nur eine blöde Frau. Nein, noch bin ich nicht bereit für die Wut, für die Revolte. Ich habe noch nichts begriffen. Kleine Kritiken, kleine Vorwürfe, kleine Rechnungen mit der Umgebung, das ist alles.

Miras Stimme war voll Wut: Inge war alles, nur keine Verführerin. Sie kannte nicht dieses Spiel. Und Peter, aus der Enge seiner langweiligen Familie, aus der er sehr jung ausgerissen ist, er findet jetzt die neue, erotische Freiheit. Die Frau trägt auch verführerische schwarze Unterwäsche, sagte er, von ihr bekomme ich alles, was ich von dir nicht verlangen konnte. Einmal gingen die Männer wegen dieser Wünsche heimlich in die Freudenhäuser, heute ist alles einfacher, überall kannst du es finden, denn wir haben uns, so sagen sie, von allen Fesseln befreit, nicht war? Wir haben Pornos, Thailand, Mädchen und Jungs, Bilder, Zeitschriften. Aber warum gibt es trotz allem so viele Sexualdelikte? Diese Offenheit hilft nichts – es gibt nicht weniger Vergewaltigungen – jeden Tag kannst du das in den Zeitungen lesen. Nein, die Logik der Freiheit besteht nicht im Füllen dieses Sacks mit allen möglichen Forderungen und Wünschen, die Freiheit liegt manchmal im Verzicht, ich weiß, auch das klingt wie etwas Gestriges. Nun, unser Fiasko liegt im blinden Glauben, dass wenn wir nackt herumlaufen, dass wir dann besser sind, die neuen Puppen! Schön hat man uns zugerichtet. Und die Mode kreieren sowieso Männer, die Männer lieben. Nein, ich werde nicht hungern, ich will nicht jeden Tag auf die Waage, wegen dem idiotischen neuen Stil, schön sind nur die Mageren. Auch diese Freiheit ist oft nur Terror, er herrscht auch in der Kunst, nicht wahr? Und wir werden weiter die Bilder betrachten und Else lesen und andere werden uns deswegen neben einer Petroleumlampe einordnen – nein, es ist nicht ganz einfach.

Mira ging ans Fenster und blickte eine zeitlang in die Zagreber Nacht.

Und hier, Schwesterchen?

Wahrscheinlich ist überall alles ähnlich. Auch wir, wie deine Inge, waren nicht nur dumm und nervös, wir waren vielleicht nur altmodisch.

Ich glaube es nicht. Die Moden wechseln, das ja. Aber es ist sehr fraglich, um welche Freiheit es sich handelt. Peter wird bald wissen, was er verloren hat wegen einer vergänglichen Leidenschaft – das Leben zu zweit ist ein bisschen mehr, wenn du möchtest, dass es dauert. Es sind unsichtbare Opfer nötig – oh, ja, auch das klingt blöd, aber auf irgendetwas musst du immer verzichten.

Ich weiß nicht, Mira. Auch ich habe mich getrennt, wahrscheinlich aus ähnlichen Gründen, nur war Boris ein Mann des Winters und der Kälte, er suchte nicht einmal diese vergängliche Leidenschaft. Nein, unser Problem war, dass er keine Wünsche hatte, ihm war jede Sensualität fremd. Er war und blieb einfach verklemmt. Wir alle tragen irgendwelche Traumata in uns, wir ändern uns schwer, aber wir versuchen es wenigstens, ich habe es auch versucht. Aber, siehe, am Ende bleibt alles beim Alten und so bleiben wir manchmal allein.

Mira drehte sich um und betrachtete jetzt dieses mein Zimmer, den Schrank, nachdenklich öffnete sie ihn und schloss ihn, sie sah, dass er halbleer war.

Du bist in Ordnung, ich denke sogar, du bist stärker als früher. Aber jetzt, an der Schwelle des neuen Jahrhunderts, jetzt müssen wir endlich wissen, wer und was wir sind. Wir haben nicht mehr viel Zeit, denn wenn wir fünfzig sind, dann sieht für Frauen alles anders aus als für die Männer, ein neuer Partner von dir wird schwerlich ein junger Mann sein, Männer dagegen finden schnell und oft neue Mädchen. Das weiß auch Inge, die viel jünger ist. Nur hat sie wirklich schnell das Buch des Lebens mit Peter geschlossen und hat sich ihrem Leben und ihrer Arbeit zugewandt. Und wartet keineswegs, dass hinter der Ecke ein Prinz erscheint. Wenigstens eine Lektion hat sie gelernt, man soll jemanden Ähnlichen finden, nicht jeden ummodeln. Denn, Peter stammte aus ganz anderen Verhältnissen als sie, erst als er sich dann doch zum Studium entschloss und Inge kennenlernte, begann er länger bei ihr und ihren Eltern zu weilen, die einen kleinen Verlag besaßen und seltene, schöne Bücher in kleinen Auflagen herausgaben. Peter, so schien es, war zu Hause unglücklich gewesen, denn Vaters Traum war eine Autowerkstatt, er saß ständig über den Kreditangeboten verschiedener Banken, investierte an verschiedenen Seiten Geld, verlor und machte Schulden und die Mutter arbeitete nicht, sie sorgte für die Jungs auf ihre Art, und als sie in die Pubertät kamen und sogar aggressiv wurden, dann verstand sie nichts mehr, hörte auf, mit ihnen zu reden, war beleidigt, denn sie waren jetzt keine Babies mehr. Und als Vaters Schulden so hoch wurden, dass sie in eine kleinere Wohnung umziehen mussten, dann bekam Peter ein Stipendium, ging weg und besuchte sie kaum noch. Er saß bei Inge und hörte deren Gesprächen über Bücher zu, über ganz andere Menschen, die Schriftsteller waren, langsam lernte er und begann seine Unsicherheit zu verlieren, sein Minderwertigkeitsgefühl. Inge half ihm eifrig in allem eine Zeitlang, ohne sie hätte er wahrscheinlich das Studium nicht abgeschlossen, sie hat aus einem unscheinbaren Jungen, wie mit einem Zauberstab, eine interessante Person erschaffen.- Und jetzt? Peter, nun stark und selbstsicher, jetzt kehrt er wieder zurück zu dem, was tief in vielen ruht, in diese alte Unsicherheit, die man mit Verehrung und Erfolg füttern muss. Solche Leute sind eigentlich unersättlich, nie haben sie genug. Und wir, vielleicht wegen Inge und ihrem Einfluss, hatten das nicht rechtzeitig bemerkt.

Mira begann etwas in ihrer Tasche zu suchen: immer trage ich dieses Blatt Papier mit mir herum – dieses Gedicht von Else nach der Trennung von Walden. Schon länger wollte ich es dir zeigen, gestern habe ich es auch Inge geschickt.

Sie legte das Blatt auf mein Bett, küsste mich und ging zu Robert ins Wohnzimmer, es war schon sehr spät.

Ich erinnere mich, dies war unser längstes Gespräch damals, als sie nach Zagreb kamen, ich erinnere mich gut an unsere Stimmung, an ihre Trau-rigkeit wegen der Freundin.

Die Nazorova-Straße ist jetzt, wie damals, nachts still und mich erfüllt ein solcher Trübsinn, nein, das wird nie vergehen, das Glas, diese Scherben.

Nervös auf dem Bett, zwischen den Briefen und Zetteln, suche ich jenes Blatt Papier, das Gedicht, das sie mir damals dagelassen hat und ich hatte es für mich abgeschrieben. Abgeschrieben wegen meiner Geschichte mit Boris, wegen Inge, wegen Else. Wegen der Frauen, die sicher etwas Ähnli-ches empfinden, wenn sie so ein unerwarteter Abschied trifft. Manche sind weniger untröstlich als Else, aber den Verlust verstehen wir, dies verstehen auch jene, die im Schatten sind.

Ich fand das Papier mit Miras Übersetzung und setzte mich ans Bett und begann zum hundertsten Mal das Gedicht *Sascha* zu lesen:

Sascha

Um deine Lippen blüht noch jung
Der Trotz dunkelrot,

Aber auf deiner Stirn sind meine Gebete
Vom Sturm verwittert.

Daß wir uns im Leben
Nie küssen sollten …

Nun bist du der Engel,
Der auf meinem Grab steht.

Das Atmen der Erde bewegt
Meinen Leib wie Lebendig.

Mein Herz scheint hell
Vom Rosenblut der Hecken.

Aber ich bin tot, Sascha,
Und das Lächeln liegt abgepflückt
Nur noch kurz auf meinem Gesicht.

Das Atmen der Erde bewegt, Mira, deinen Körper, als wäre er lebendig. Hast Du mir das als Hoffnung hinterlassen?

Im Treppenhaus höre ich die Schritte meiner Eltern. Schnell mache ich das Licht aus und sitze im Dunkeln. Ich sitze und erinnere mich. Die Eltern waren leise in der Küche, im Bad, und verschwanden dann in ihrem Zimmer. Erneut mache ich das Licht an und blicke zu diesem Haufen Papier auf meinem Bett, auf die Spuren des Lebens, die wir alle einmal jemandem hinterlassen, der uns kannte und liebte, ich blicke auf diesen Berg von aufgeschriebenen Worten, manche habe ich vergessen, manche Briefe, nein, es ist nicht wahr, ich entsinne mich an alles von dieser Schwester, jetzt hinter dem Glas.

Ich denke an Inge und jenen Abend, suche den Zettel, den sie mir später aus Wuppertal schickte, suche jenes Zitat von Heiner Müller. Sie hat mir alles geschickt, auch alles übersetzt: „Wenn ich eine attraktive Frau sehe und wir fühlen spontan oder natürlich den Impuls sich ihr zu nähern, dann können wir dies gleich tun nur wenn wir betrunken oder verrückt sind. Denn zwischen uns liegen drei Tausend Jahre Geschichte – des Kampfes der Geschlechter und der Moral. Also, die Geschichte verkrüppelt. Doch die schlimmste Verkrüppelung ist die Zerstörung der Sinnlichkeit …"

Langsam ziehe ich mich aus und betrachte mich im alten Spiegel. Mager bin ich immer noch wie es Mira war, die Haut hängt noch nicht am Oberarm, die Brüste sind klein, ja, aber nicht hässlich, das Alter erkennt man nur langsam auf meiner Haut, doch auf den Händen fehlen noch die dunklen Flecken wie an Omas Händen, damals im Krankenhaus. Ich ziehe das Nachthemd an und denke über mein Leben nach und ob es leer ist, einsam. Nein, ich denke nicht an die Zukunft, nicht in diesem Augenblick, noch immer erfüllen mich die Fragen zu Mira, die Fragen, die ohne Antwort geblieben sind. Das Bett ist weich, ich liege noch lange im Dunkeln.

In jenem Frühling haben wir überhaupt viel gesprochen. Robert war lange in der Stadt, um zu fotografieren, und wir warteten auf ihn im Café, tranken Kaffee oder Saft, fragten uns unaufhörlich: Erinnerst du dich an dies oder das? Erinnerst du dich, als wir jung waren, dann war das die Zeit der ersten ausländischen Stimmen, die wir liebten, Dylan, Cohen, Faithful, aber wir liebten auch unsere Chansons, Arsen, Gabi und verschiedene Musik zu der wir tanzten, im Urlaub in Opatija oder auf Rab.

Doch jetzt, Mira, mein Gefühl für die Leichtigkeit, für diese Musen wird völlig vom Neujahrskonzert mit den Wiener Philharmonikern befriedigt, von Walzer und Mazurka – an jedem 1. Januar muss ich das hören und das beflügelt mich. Es ist mir gleich, dass ich es weiß, natürlich gibt es die ernste

Musik, und die modernere, aber die Freude und das Temperament der Kompositionen von Strauss wecken mich wie aus einem Traum, aus dem Alltag, und ich möchte wieder tanzen. Als wir jung waren, da war das etwas für die Generation unserer Eltern, doch das ändert sich, anscheinend gibt es für jedes Alter andere Lieben, und so auch andere Musik. Wenigstens für eine Weile.

Mira lachte, ja, das ist richtig. Auch wir in Wuppertal, hören jedes Jahr dieses Neujahrskonzert aus Wien und auch wir sind sonderbar gut gelaunt an diesem Morgen, irgendwie ist es ein schöner Beginn des neuen Jahres. Wahrscheinlich hat auch jede Zeit ihre Poesie, ihre Schriftsteller. Manche Träumereien sind ewig, so ist es mit Mozart, er altert nicht, auf ihn fällt kein Staub, überhaupt scheint es mir, gibt es Ketten aus dem Vergangenen in das Jetztige, die wir nie brechen, wahrscheinlich können wir das gar nicht.

Ich stand vom Bett auf und ging leise ans Fenster, öffnete es. Die Nacht war noch frisch, aber in der Luft spürte man die Ankunft des Frühlings. Ja, man sollte jede Grobheit gegenüber den Älteren meiden, sowie dem was einmal war, man soll die ganze Zeit in sich tragen, nur das macht uns wirklich, das sind dann wir, ohne Lügen und ohne Anbiederung an alles Neue, was von allen Seiten auf uns zustürzt.

Wenn ich mir das Leben gemerkt habe, wie es Mira stets sagte, dann habe ich auch eine genaue Vorstellung – wenn auch manchmal nur durch Briefe und Zettel – von Miras und Roberts Leben in jenem fernen Wuppertal. Ich wusste alle ihre Wege durch die Stadt, die ich nie gesehen habe, ich kannte ihre Zimmer und alles was drin war, sowie Roberts Fotografien, die sie mir nicht gezeigt haben, Miras Übersetzertätigkeit, Leute um sie herum auf dem Gericht, unsere Landsleute, Rechtsanwälte. Ich wusste auch, dass sie weiter schreibt, das wurde immer mehr zum Geheimnis, niemandem dort, außer Robert, hatte sie das je gezeigt. Sie lebten harmonisch und führten dieses lange, ewige Gespräch, wie Hannah Arendt die Ehe nannte: neben allem anderen, ein ewiges Gespräch zwischen Frau und Mann. Mira befasste sich immer noch mit den Gedichten und mit der Biografie von Else Lasker-Schüler, sie war und blieb ihr Talismann, ihr Führer durch

Wuppertal, in das sie sie, wie an der Hand geführt, hingebracht hat. Doch alles was sie für Mira war, als sie ankam, alles ist heute anders, wie auch Zagreb in diesem neuen Jahrhundert. Die Stadt zog sich immer mehr in die Erinnerungen zurück, wie wenn wir die Fühler der Schnecke berühren, zieht sie sich schnell zurück in ihr Häuschen, in das Innere des Körpers, in die Erinnerung.

In jenem Frühling sagte sie mir noch über die Freundin Inge: Auch Else hatte kein Glück in der Liebe. Sie heiratete jung den Arzt Lasker, den Bruder des berühmten Schachspielers und zuerst lebten sie in Elberfeld ohne materielle Sorgen, sie kamen erst später, Elses Vater half ihnen da. Dann zogen sie nach Berlin, ihre Ehe war nicht glücklich, er war sehr eifersüchtig, sie fühlte sich immer mehr wie seine Gefangene. Bald trennten sie sich. Berthold Lasker kümmerte sich aber auch nach der Scheidung um sie und als sie 1899 den Sohn Paul bekam, suchte er tagelang mit ihr nach einer günstigen, billigen Wohnung, sie war zu Stolz, um Hilfe bei der Verwandtschaft zu erbitten. Die Identität des Vaters ihres einzigen Kindes hat sie nie preisgegeben. Ihr zweiter Mann war der Komponist Georg Levin, der unter dem Namen Herwarth Walden auch als Schriftsteller und Redakteur der expressionistischen Zeitschrift „Sturm" berühmt wurde, sowie als jemand, der lebenslang verschiedenen Künstlern half. In dem Jahr der zweiten Vermählung, 1903, kam ihr Gedichtband „Der siebte Tag" heraus. Ihr Haus in Berlin war offen für alle, oft spielten sie auch für die Gäste die neuesten Kompositionen von Walden. Doch schon vier Jahre später begannen die ersten Schwierigkeiten, er hatte seinen Weg noch nicht gefunden und sie kämpfte und bat um Hilfe für den Sohn, der an Tuberkulose litt. Else war sehr müde.

Mira hörte auf zu reden. Das war am zweiten Abend jenes Frühlings.

Ich schloss leise das Fenster. Und begann die Briefe und Papiere vom Bett zu sammeln, legte sie auf den Tisch, betrachtete lange ihre winzige Schrift, ihre Wörter: Liebe, Vergessen, Müdigkeit. Die Bescheidenheit.

Ja, Mira mochte nie den Luxus und den Glanz. Sie schickte mir vor einigen Jahren, als ich mich über einige Bekannte beschwert hatte, die stolz den Reichtum in ihrer Kindheit beschrieben, mit Gästen und Speisen, serviert auf Silbertabletts – „und wir waren so gleichgültig an den Tagen großer Feierlichkeiten im Speisezimmer gewesen" – ein Zitat aus Virginia Woolf, in dem sie die Katastrophe des Familienlebens im sogenannten Speisezimmer beschrieb. Auch für sie war dieses Zimmer der Ort sozialer Rituale, anhand welcher man beweist, wie „zivilisiert" man ist – „Auf dem Tisch, Kuchen, Wein, Obst, Porzellan, Speisen, Gläser und all dieses unnötige Silberzeug, für ihn war es zu viel von allem, es war kein Platz mehr für was anderes, zum Beispiel für Worte …."

Schon die zweite Nacht schlafe ich nicht. Alles kehrt zurück, alle Fragen ohne eine Antwort.
Ich rauche, obwohl ich es nicht dürfte, ich versprach der Mutter in meinem Zimmer würde ich das nicht machen, nein, nie.

Nun das waren auch die Jahre vieler ungeklärter Probleme mit Boris gewesen, und so ist unser Esstisch im Wohnzimmer, stets reich belegt, ein Ort der Kämpfe, besser gesagt, der Nicht-Kämpfe geworden, denn Boris wurde immer schweigsamer, war missgelaunt, frostig.
Und das kleine graue Geschöpf?
Als er zwei Abende nacheinander nicht nach Hause kam und als er mir telefonierte, dass er noch im Büro bleiben muss und arbeiten, etwas Dringendes, was fertiggemacht werden muss, da habe ich mich zum ersten Mal gefragt, gibt es nicht, neben all unseren Schwierigkeiten, vielleicht auch noch eine andere Frau? Denn bis dahin dachte ich, Boris sei zu langsam, zu faul für so etwas.
Aber es gab sie, die Elvira.
Ich kannte sie noch vom Studium, später bekamen wir beide die Stelle im Archäologischen Museum und wurden, nach Miras Weggang, sogar vertraut – sogar Freundinnen? Nein, das wäre ein zu großes Wort.
Doch Elvira war die einzige, die mich manchmal in der Nazor-Straße besuchte, wir tranken Kaffee in der Küche, ich rauchte eine Zigarette nach der anderen und wir plauderten über dies und jenes. Und so hatten wir, wenn Boris heimkam, oft auch zusammen zu Abend gegessen (in der

Küche, nicht vor dem Fernseher im Wohnzimmer), tranken manches Glas Wein. Ich hatte mich nicht gefragt, warum Boris mit uns bleibt und nicht geht, wie sonst immer zu meinen Alten und zu den ewigen, allabendlichen Bildern auf dem Bildschirm.

Elvira war sehr hübsch – und sie war allein.

Es war mir überhaupt nicht klar warum? Manches Mal dachte ich, vielleicht liebt sie Frauen? Aber ich täuschte mich. Sie erzählte nie über ihre Lieben und Enttäuschungen, nein, einmal sagte sie sogar, ich vergöttere die Einsamkeit.

Sie war schlank, trug ganz kurzgeschnittenes Haar, schwarz wie Ebenholz, hatte leichte Schlitzaugen, chinesische, alles in allem war sie eigentlich schön, schöner als ich. Geboren in Split, kam sie schon als Kind mit ihren Brüdern, die Eltern arbeiteten beide beim Film, zum Fernsehen und hatte schon mit zwölf Jahren ihre erste Rolle in einer Familienserie bekommen. Aber sie wollte keine Schauspielerin werden, nein, auf keinen Fall, sie wollte sich, wie auch ich, obwohl vielleicht aus anderen Gründen, in die Altertümer vergraben.

Viel später sagte sie mir, dass sie nicht mehr versteht, warum sie diese Verbindung mit Boris angefangen hatte: Nein, eigentlich war ich nicht verliebt in ihn, vielleicht war ich in dieser Zeit zu lange allein gewesen, das ja, und er schien mir ruhig, angenehm, ohne zu große Ansprüche, damals wusste ich nicht, dass es die Ruhe wegen seines ewigen Frierens war. Ich musste mich nicht für ihn aufputzen, eigentlich merkte er ein neues Kleid, oder Shirt, gar nicht und all das hätte nicht lange gedauert, wenn du dich nicht eingemischt hättest und ihn aus deinem Leben vertrieben hättest. So entstand eine echte, kleine Affäre und ich konnte mich nicht sofort aus der Geschichte herauswinden.

Ah ja, Mira sagte mir damals nur: so, die Gelegenheit macht Diebe, aber wundere dich nicht, ärgere dich nicht, du und er, das war nix.

Beide hatten recht. Doch ich war natürlich im ersten Augenblick betroffen, beleidigt (und erst die Mutter), denn wir alle sind auch ehrgeizige Gemüter, vertragen solche Niederlagen nicht. Nach einem Monat gab ich mir selber ehrlich zu: nein, er war nicht „dein" Boris, und Mira ahnte dies genauer, schon am Beginn unserer Verbindung. Nach der Scheidung schrieb sie mir nur kurz. Sei nicht traurig, das war überhaupt nicht dein Mann. Natürlich hoffte ich auf so einen. Aber dieser mein Mann kam nicht. Es waren genug vorläufige Lieben, sogar schöne, doch immer nur kurz, so dass die Abschiede auch nicht allzu schmerzlich waren.

Mein Kind, willst du denn alleine bleiben? Die Mutter war sehr unzufrieden. Besser allein, als mit irgendeinem uninteressanten Typ.

Das konnte sie überhaupt nicht verstehen. Der Vater schwieg, wahrscheinlich dachte er sich das Seine. Er mischte sich sowieso nie in diese „Frauensachen" ein, das war ihm zu dumm, alle diese Veränderungen, die sich in der Nazor-Straße ereignet haben, er liebte die Sicherheit, wenigstens die Sicherheit, mit wem er jeden Abend das Fernsehprogramm schauen wird. Boris war für ihn angenehm gewesen, er sprach nicht, saß ruhig, eingewickelt in seinen Schal, in seinem Sessel, damit die Mutter auf der Couch Platz hat, niemals fragte er etwas, sondern glotzte mit ihnen zusammen auf den Bildschirm. Ich habe ihn am Anfang genervt, wollte reden, kritisierte diese unmöglichen Gewohnheiten, doch schnell gab ich es auf und bin früh in unser Zimmer gegangen, las, schrieb an Mira. Die Tage und Abende waren etwas eintönig, aber das waren sie auch vorher gewesen und so war es nicht so schlimm ohne Ehegatten zu bleiben. Denn die Zeiten hatten sich verändert (meine Rede zu Mama), Frauen arbeiten, sind nicht mehr abhängig von ihrem Mann, müssen nicht alles erdulden wie unsere Großmutter, und ich kann, wenn ich will, alleine reisen, alleine ins Kino und ins Theater gehen, ins Café, warum nicht? Boris hatte sowieso nie Lust zu so was. Und für die kleine, wenn auch vergängliche Leidenschaft, wird sich immer jemand finden, wenn ich es will.

Die Mutter schwieg und ich alterte. Das ist die Wahrheit. Und heute ist es natürlich immer schwieriger jemanden zu finden, der meinen, jetzt reiferen Wünschen entspricht. Einmal war die Liebe wirklich groß und er behauptete, dass er geschieden ist, doch schnell hatte ich erfahren, dass er nur seine Frau betrügt, da war ich mehr betroffen, als damals wegen Boris. Schweigend habe ich diese „Liebe" abgebrochen, denn das wollte ich auf keinen Fall. Nicht wegen meiner betont entwickelten Moralansprüche, sondern wegen der Lüge, wegen der miserablen Rolle der geheimen Geliebten.

Und so stehe ich inmitten unseres ehemaligen Kinderzimmers, vor diesen Papieren auf dem Tisch und alles kehrt zurück, die ganze Vergangenheit und natürlich Mira, alles was sie war und was sie uns bedeutet hat, für Robert und für mich. Auch Elses Verse aus dem „Blauen Klavier" kehren so zurück:

Mein blaues Klavier

Ich habe zu Hause ein blaues Klavier
Und kenne doch keine Note.

Es steht im Dunkel der Kellertür,
Seitdem die Welt verrohte.

Ich denke an das Gedicht „Sascha" und was für eine treue Freundin Else für Johannes war. Als Johannes Holzmann in Russland verhaftet wurde, da reiste sie 1913 sogar nach Russland, aber es gelang ihr nicht, ihn aus dem Gefängnis frei zu bekommen. Er stirbt im April 1914. Ihm widmet sie das Gedicht „Sascha", „das ich nach jedem Verlust einer geliebten Person habe schreiben können."

Verluste. Scheidungen. Das Leben zwischen den Ankünften und den Weggängen.
Zerschlagenes Glas, Scherben.

Nein, nicht jetzt. Mira und Robert waren noch hier, noch kamen sie im Frühjahr nach Zagreb, wir saßen abends im Cafe in der Dežman-Passage und sprachen über alles mögliche und Robert pflegte Mira zu umarmen und zu sagen, sei nicht traurig wegen Else, wegen der Welt. Auch ich muss überlegen, wo ich stehe mit allen meinen Fotografien – ist die Zeit über sie hinweggegangen?– du weißt, das habe ich dir schon zu Hause gesagt, ich habe Ponge durchgelesen, der meinte, dass die Kopie immer mehr die Realität ablöst. Alle diese Touristen, die in Museen und in den antiken Stätten fotografieren, interessieren sich gar nicht für den Inhalt dieser Bilder oder Statuen – sie brauchen nur die Fotos. Und so ist das Fotografieren eigentlich ein Begräbnis, man will nur eine Kopie des Lebens, statt des Lebens selbst.

Robert lachte und bestellte noch ein Getränk.

Mira lehnte an seiner Schulter und sagte nur, aber du fotografierst immer noch das Leben, glaube es mir.

Ich dachte nur, die beiden sind wirklich zusammen und ich war das mit Boris nie.

Ich mache wieder das Licht aus und sitze im Dunkeln.

Morgen werde ich im Archäologischen mit Elvira an unserem Tisch sitzen und werde die Scherben sortieren, sorgfältig, langsam. Dann werden wir zum Kaffee gehen und erzählen. Sie hat nach Boris auch ihre große Liebe gefunden – er war verheiratet, sagte, dass er seine Frau, das Haus, das Auto verlassen wird, alles ist schon vorbei zwischen ihnen – du, Elvira, du bist mein Leben! Doch er hat das nie getan, fand immer neue Ausreden und Elvira begriff, dass er gerade dieses doppelte Leben liebte, dieses Geheimnis. Das nährte seine Leidenschaft.

Ich habe nun genug von dieser altmodischen Rolle, sagte Elvira, genug von unseren Männern, die nur an eines denken – das Bett. Ich werde mich nicht damit und dem eigentlich im voraus verlorenen Posten in seinem Leben zufriedengeben. Ich will ihn nicht mehr sehen. Im übrigen, ihn interessierte nie, wer ich bin, was für eine Person. Sobald er meine Einzimmerwohnung betrat, packte er mich am Hals und schleppte mich zur Couch. Danach rannte er eilig zu seiner Frau und so ständig und immer das Gleiche. Zweimal in der Woche oder einmal, je nach Möglichkeit einer „Arbeitsausrede", Sitzung, Gespräch mit dem Direktor oder etwas Ähnlichem. Nein, das will ich nicht mehr, ihre Augen blitzten vor Ärger und ich zündete mir noch eine Zigarette an, wir schauten uns kurz an und lachten laut: ah ja, diese Männer unseres Lebens. Wahrscheinlich waren aber auch wir zu dumm, jemanden zu finden, der anders ist.

Die schöne Elvira war auch später nicht ganz allein, aber mit der Ehe, rechnete sie, wie ich, nicht mehr. Das Leben „ohne" hatte auch einen gewissen Reiz, es konnte so gar romantisch sein. Und jetzt, wo wir schon die grauen Haare färben, wo wir sowieso auch auf die Romantik verzichten, jetzt sitzen wir, trinken Kaffee, plaudern, kleben Scherben. Vielleicht auch die unseres Lebens.

Und trotzdem wollen wir nicht das Leben unserer Eltern wiederholen, wir wollen am Ende des Weges nicht so leben wie sie, nein, unsere Wahl ist eine andere, vielleicht manchmal beschwerlich, aber auf keinen Fall so bescheiden. Und die Erinnerungen, oder die Möglichkeit zu Träumen, das kann uns niemand nehmen, wie auch nicht die Liebe für staubige Bücher oder staubige Andenken.

Dabei waren wir in den Achtzigern wirklich moderne Frauen. Aber alle unsere Gespräche, auch mit anderen Kolleginnen im Archäologischen, waren wie von vorgestern. Das ist mir jetzt erst klar geworden. Es scheint, dass sich die Mode überhaupt, moderne Frisuren, moderne Schuhe und Taschen, viel schneller entwickelt und ändert, als sich unsere Gefühle ändern. Und so schaffen wir es nie, die Zeit unserer „neuen Kleider" zu erreichen. In uns, scheint es, liegen aufgehoben Biographien von Frauen vor uns, die Erziehung, die alten Filme, und so stehen und schreiten wir gleichzeitig vorwärts, aber wir halten nicht Schritt, oft auch nicht mit der Freiheit der heutigen Zeit, nicht mit den Theorien über die Möglichkeiten neuer Beziehungen, darüber reden wir nur, wir wissen es aber nicht anzuwenden. Ständig besteht dieser Graben zwischen den Gefühlen und der Welt, der Umgebung in der wir leben, und so schafft dieser Abstand all diese Geschichten, in denen manche Frauen wegen der Verlassenheit krank werden oder für immer verschwinden, wie einige meiner Bekannten, sogar jüngere als ich. Jetzt, wo ich hier sitze, in meinem Alter, weiß ich zu viele solcher Geschichten, sie sind der Bodensatz der Erinnerung und davon bekomme ich Gänsehaut, diese Unglücke sind tödlich und dann nutzt uns auch der Verstand nicht mehr, nicht das Wissen, nicht die rot gefärbten Haare mit grünen oder blauen Strähnen. Alles, was ich im Laufe dieser Jahre gehört habe, lässt nur eins erahnen: wir ändern uns leider wirklich sehr langsam. Und in dieser Langsamkeit, nein, ich bin nicht mehr so schnell und so nervös wie ich einmal war, kann ich jetzt ruhig in diesem unseren ehemaligen Kinderzimmer sitzen, die Zeit und die Stunden rieseln über mich wie feiner Sand, ich bin eine Sanduhr, leicht zerbrechlich, vielleicht so wie Mira dort irgendwo – ach, nein, ich weiß nicht wo.

Das ganze Aufwachsen war eigentlich ein langer Abschied von den Illusionen der Jugend, von den Eltern, den verschiedenen Ideologien, der Schulweisheit, dem Ort, der Stadt, in der wir uns befinden, in der wir geboren sind. Oft unterschätzen wir das alles. Und so trennen wir uns schwer von den Ketten, die wir vielleicht gleichzeitig auch lieben und suchen manchmal noch heute den Trost, den es nicht gibt, denken, endlich haben wir dies vergangene Sandleben begriffen, diese unsere Zeit – aber nein, immer überwältigt uns eine neue Situation oder Unpässlichkeit und wir, unvorbereitet, hilflos, eilen in diese neue Erfahrung, sind immer noch nicht imstande, sie ruhig anzunehmen, trotz allem. Jeans-Hosen, neue Turnschuhe, das ja, aber unsere Gefühle sind anscheinend überhaupt nicht zeitgenössisch und weise.

Und so werden wir vielleicht eines Tages verwelken, wie meine Hortensie auf dem Balkon, und werden nicht wissen, worin denn diese unsere Ungeschicklichkeit oder Sorglosigkeit bestand, ich hatte sie doch während der großen Sommerhitze jeden Abend gegossen. Wenn ich an sie denke und an meine Hoffnung, dass sie sich irgendwie erholen wird, denke ich auch an Mira. Hatten auch ihre Wurzeln plötzlich zu wenig Wasser bekommen? Hat sie plötzlich die Fremde überrumpelt, ohne dass sie das aber gewusst hat. Trotz der Liebe, trotz der Stadt ihrer Dichterin. Ist auch über sie dieser feine Sand der Zeit gerieselt, die Zeit, die wir immer weniger verstanden haben?

Erschrocken habe ich mich aufgerichtet und aufs Bett gesetzt.

Das erste Mal hatte ich vor fünf Jahren gedacht, auch sie dort in Wuppertal scheint langsam ihren früheren Schwung zu verlieren, sie war siebenunddreißig, sind das schon die Jahre wo wir die Bilanz unseres Lebens machen? Auch Robert schien mir in Zagreb irgendwie melancholisch, vielleicht hatte er begriffen – es ist hässlich so zu denken – dass weder ihr Schreiben, noch seine Fotografien den richtigen Platz finden in der dortigen, schon ein wenig kühlen Öffentlichkeit. Sie fanden nicht mehr so einfach eine Galerie für seine Ausstellung und Mira – ich weiß nicht, ob sie überhaupt noch weiter schrieb. Die Kunst ist auch oft nur ein Geschäft, und sie beide waren darin nicht so gut. So blieb Mira am Ende vielleicht nur die Liebe zu Robert und die Liebe zu der ihr unbekannten Dichterin, eine Jugendliebe. Die Lebensgeschichte von Else Lasker-Schüler und der Personen um sie herum war nicht viel tröstlicher. Auch Else lebte zur falschen Zeit, in der Zeit des Bösen, das wie ein Weltuntergang einbrach und dem niemand entrinnen konnte, besonders nicht sie, Dichterin und eine arme Frau mit falscher Konfession. Ist Mira erschrocken – es sind fünf Jahre seit unserem Krieg vergangen – weil sich die Geschichte wiederholt und das Schlimme immer und immer wieder neu geboren wird? Hatte sie Angst vor den neuen Hakenkreuzen auf den Jacken der Jungs in Wuppertal?

Darüber hatte sie mir nie geschrieben. Nur einmal einen langen Brief über die Zeit früher, über Elses Zeit, in Wuppertal und Berlin.

Ich stehe auf und nehme die Sammelmappe, in der ich alles verwahre, was sie über „ihre" Dichterin gesammelt hatte, alle Fragmente, alle Aufsätze und Übersetzungen. Ordentlich, im Computer geschrieben, diese Reihenfolge von Daten, Lebensstationen:

Else war schon lange müde. (Vor der neuen Ehe wohnte sie im feuchten Keller für 75 Pfennig monatlich und für ihre erste Sammlung, wegen Mangel und Hunger verlangt sie nur ein kleines, symbolisches Honorar). Zu dieser Zeit schreibt sie auch das Drama „Die Wupper".

„In einer Augustnacht schrieb ich mein Schauspiel Die Wupper.
Bange Jahre gegoren, floß die Wupper durch das Gewölbe meines Her-
zens aus dunkler Erinnerung gepresst, eine alte schwere Schauspiel-
auslese."

Es war ein Drama der surrealen Träume und voll sozialer Ideen – und es
war natürlich schwer ein Theater zu finden, das es aufführte. Doch später
haben es, trotz schlechter Kritiken und Skandale, immer die besten Regis-
seure inszeniert und in verschiedenen Theatern in Deutschland aufgeführt.

Ich betrachte die Fotos von Mira und Else. Zwischen ihnen besteht überhaupt keine physische Ähnlichkeit. Mira sah immer wie ein mildes Mädchen aus. Else hatte strenge Gesichtslinien, fast ein griechisches Profil,
eine betonte Nase, schwarzes, glänzendes Haar, große schwarze Augen,
flammende. Auf diesem Jugendfoto trägt sie ein schwarzes Kleid mit weißem Kragen. Das Haar umrahmte wie ein Helm ihr blasses Gesicht, kurzes
Haar wie bei einem Jungen. Deswegen nannte sie sich in den Briefen oft:
thebanischer Prinz Jussuf, Prinz, der Marrakesch gründete, Prinz aus dem
Epos „Jussuf und Suleika" Auf dem Foto, das Mira mir schickte, sieht sie,
obwohl noch jung, sehr melancholisch aus, nein eher düster, mürrisch. Die
vergangenen und die zukünftigen Leiden waren schon in ihrem Gesicht
eingezeichnet, in die gepressten Lippen eingeschnitten. Später in Israel, ist
sie nur noch müde – eine grauhaarige, kranke Frau. Von der Flamme in
den Augen des Prinzen Jussuf ist nichts übrig geblieben.
Im Februar 1910 schreibt Else dem Freund Altenberg, dass sie Walden
verlassen hat: „....*ich bin zu arm, um nach Wien zu kommen, ich habe nur
ein Kleid ...*" Dem anderen Freund schreibt sie: „*bin noch sehr krank, alle
Tinte ist versteckt worden ...*"
Obwohl sie weiterhin Gedichte veröffentlicht, sind die Honorare armselig. Sie wohnt jetzt im Dachraum eines Berliner Hotels, das Zimmer mit
heißem Wasser kostet nur 5,50 Mark. Der Maler Franz Marc gibt ihrem
begabten Sohn Paul kostenlose Unterrichtsstunden. Weiterhin pflegt sie
die Freundschaft mit Walden, trifft ihn, sie trennten sich nicht im Streit. In

dieser schweren Zeit kommen auch ihre ersten literarischen Erfolge, gute Rezensionen, auch sind endlich die Gedichte aus der Sammlung „Meine Wunder" von den Kritikern bemerkt worden. Sie versucht es jetzt mit Literaturabenden, Artikeln für die Zeitung, um etwas für sich und den kranken Sohn zu verdienen. Aber schon 1913 kommt in der Zeitschrift „Die Fackel" von Karl Kraus der Aufruf, in dem um Hilfe für die *„mit schweren Sorgen kämpfende Dichterin",* ersucht wird. Den Aufruf unterschrieben Selma Lagerlöf, Richard Dehmel, Adolf Loos, Arnold Schönberg.
In diesem Jahr geht es ihr am schlechtesten..

„Ich bin die letzte Nuance von Verlassenheit"

Else ist weiterhin oft bei Gesellschaftsabenden bei ihrem ehemaligen Mann Walden anwesend, dort trifft sie Georg Trakl, seine Schwester Grete, Georg und Else verstehen sich auf Anhieb, liebten die Poesie des anderen, Else verfolgte so auch das ganze Unglück seiner Schwester, sowie seins. Schwester Grete heiratete plötzlich in Berlin Arthur Langen, niemand von den anderen hatte ihn gekannt. Die Familie und der Bruder waren sehr besorgt, sie wussten, wie labil Grete war. Aber auch sie sah schnell ein, dass diese Eheschliessung ein falscher Schritt war und als sie schwanger wurde und nach drei Monaten, 1914, das Kind verlor, wurde sie sehr depressiv, die Ehe zerbrach und von da an befand sie sich ständig am Rande der Selbstvernichtung und in schweren Nöten.
Georg reiste gleich nach dem Verlust des Kindes nach Berlin, aber auch er konnte die Schwester nicht trösten. Er schrieb an Freunde: *„Meine arme Schwester ist noch immer sehr leidend. Ihr Leben ist von einer so herzzerreißenden Traurigkeit, und zugleich braven Tapferkeit, daß ich mir bisweilen sehr gering davor erscheine; und sie verdiente es wohl tausendmal mehr als ich, im Kreise guter und edler Menschen zu leben …."*

Dieser Kreis waren Künstler und Freunde von Herwarth Walden, und hier lernte also Georg Trakl auch Waldens ehemalige Frau Else kennen. Er kannte sie schon als Dichterin, jetzt wurden sie vertraut, führten lange

Gespräche besonders über die Religion. Else hat ihm in dem Brief, nach seiner Abreise aus Berlin geschrieben,

„ich fühle mich wie im Zerfall begriffen, ständig muss ich meine Teile suchen, aufsammeln …"

Trakl ging im August 1914 als Militär-Apotheker mit der Sanitätskolonne aus Innsbruck an die Front, und im Oktober kamen sie nach Galizien, in die dortigen schweren Kämpfe. Man weiß, dass Trakl im Kampf um Grodek dabei war, mit den vielen Toten und Verwundeten, und so war der Kampf schon vorher verloren. Der Dichter schrieb damals das Gedicht „*Grodek*". Er aber ist nicht mehr genesen, ständig verfolgten ihn die Bilder des Blutes und des Todes, er wurde apathisch, hörte ständig Schreie der Soldaten und dies war der Anfang vom Ende. Der erste Selbstmordversuch. Danach nahm er immer stärkere Beruhigungsmittel, am Ende Kokain und dann verlor er das Bewusstsein. Er starb am 3. November 1914 abends, begraben wurde er auf dem Friedhof Rakovic in Krakau.

Else hat ihm nach seinem Tod Gedichte gewidmet und er ihr schon davor das Gedicht

Abendland

Else Lasker-Schüler in Verehrung

3.

Ihr großen Städte
Steinern aufgebaut
In der Ebene!
So sprachlos folgt
Der Heimatlose
Mit dunkler Stirne dem Wind,

Kahlen Bäumen am Hügel.
Ihr weithin dämmernden Ströme!
Gewaltig ängstet
Schaurige Abendröte
Im Sturmgewölk.
Ihr sterbenden Völker!
Bleiche Woge
Zerschellend am Strande der Nacht,
Fallende Sterne

Grete wünschte, dass der Sarg Trakls nach seinem Geburtsort Salzburg verbracht wird, sie wollte nach Hause fahren und alles vorbereiten. Der Herausgeber hat ihr für Georgs Sammlung „*Sebastian im Traum*" den Rest vom Honorar von 160 Mark ausbezahlt – der Bruder hatte auf dieses Honorar zugunsten der Schwester verzichtet – und sie wollte dieses Honorar für die Kosten des Transports nehmen … auch Else schickte ihr einen Teil der Hilfe, die Wittgenstein den Künstlern übermittelt hatte.

Doch wegen Streitigkeiten in der Familie, wegen der Geldprobleme, wurde der Transport aus Krakau erst im Oktober 1925 möglich, sowie das Begräbnis auf dem Friedhof in Mühlau bei Innsbruck.

Grete Langen-Trakl war damals schon tot. Nach dem Tod des Bruders verlor sie jede Stütze im Leben, jede Kraft: „…*bin ganz vernichtet, man jagt mich wie einen Hund* …"

Herwarth Walden half ihr immer. Er hat sie aus einem nichtbezahlten Hotelzimmer los gekauft und brachte sie 1916 in einem Haus, in dem die Zeitschrift „*Sturm*" herausgegeben wurde unter. So blieb Grete Walden weiter freundschaftlich verbunden, so sah sie auch manchmal die Dichterin Else. In einer Gesellschaft, in der Nacht vom 22. auf den 23. September, ging Grete in ihr Zimmer Zigaretten holen. Plötzlich hörte man einen Schuss. Alle liefen in das Zimmer, doch Grete war tot, sie hatte sich erschossen. Niemand wusste, wie und wann sie zu einem Revolver gekommen war. Ihr Grab, sagt man, ist irgendwo in Berlin – wo? – ihre Hinterlassenschaft ist wahrscheinlich verlorengegangen.

Else hat lange um die Geschwister Trakl getrauert. Und so entstehen nach dem Ersten Weltkrieg die literarischen Epitaphe für die toten Freunde. Auch über den Freund Johannes, vermisst in Russland, schrieb sie später: „*Sein Leben war ein lyrisches Lied, Kriegsballade sein Tod.*"

Als ihr Sohn wieder erkrankte, brachte sie ihn in einem teuren Sanatorium im Tessin unter. Niemand weiß, wie sie es bezahlt hat. Man wusste, dass sie manchmal hungerte und dass sie wegen Pauls Krankheit immer öfter in Depressionen fiel. Er starb im Dezember 1927.

Der Dichter Benn widmete ihr 1931 den Text des Oratoriums, für das Hindemith die Musik schrieb.

Im Jahr 1932 bekommt die Dichterin den angesehenen Kleist-Preis.

Aus Deutschland muss sie 1933 fliehen, ganz ohne Geld.."..*meine Hände sind halberfroren, weil ich in der ersten Nacht in der Schweiz unter einem Baum übernachtet habe …*" Das Leben dort war schwer für sie, und weil sie ohne Mittel war, konnte sie nicht die ständige Aufenthaltsgenehmigung bekommen. Sie gab einige literarische Abende, die von Emigranten besucht wurden, unter ihnen war auch Thomas Mann und seine Kinder Erika und Klaus. Doch sie fühlte sich immer unsicherer: Angst vor der Ausländerpolizeibehörde, Angst, dass die Gestapo sie in der Schweiz verfolgen würde.

Im Jahr 1939 geht sie nach Palästina. In Jerusalem wohnt sie zuerst im alten Hotel „Vienna". Aus dieser Zeit gibt es die Erinnerung eines Freundes: eine müde Frau, das Gesicht zeugt von zerstörter Schönheit, in den schwarzen Augen flammt schon die Angst, die Verrücktheit … inmitten des Sommers trägt sie ständig ihre Pelzkappe.

Else setzt das Schreiben fort. Ihr letztes Buch „Mein blaues Klavier" veröffentlicht sie 1943 und in ihm ahnt sie schon den Tod: „*ich weiß, bald werde ich sterben.*" Ein Jahr später ist sie sehr krank. Nach einem schweren Herzinfarkt stirbt sie am Morgen des 23. Januar 1945.

Am Ende der Mappe lag Miras kurze Notiz:
Niemand von allen diesen Menschen lebt noch, niemand, den ich etwas fragen könnte über Else, Grete oder Walden. Das ist die Ungerechtigkeit

zeitlicher Ferne und die Nähe der Poesie kann dies nicht korrigieren. Die Biographien aller dieser Leute haben die Jahre, die vergangen sind, völlig ausgewaschen.

Miras heutige Bekannte und die Familie wunderten sich nur, warum sie sich überhaupt mit diesen verschwundenen Menschen befasst und mit alten Gedichten, alten roten Bildern.

Das habe ich Mira nie gefragt.

Ich begriff aber, für sie, war diese Freundschaft mit den vergangenen Gestalten unabwendbar, sie wurden für sie wirklicher als die Menschen, die sie alltäglich umgaben, außer Robert natürlich. Er war und blieb real, er stand zu ihr.

Nun, wenn wir, wie Mira, in uns die Kunst oder die Biographie anderer aufgesogen haben, dann bestand diese zeitliche Entfernung nicht mehr. Else war für Mira näher als die blonde Nachbarin auf dem selben Stockwerk in ihrem Haus, die sie immer, wenn sie sich begegneten, angeschaut hatte, als sähe sie sie zum ersten Mal.

Bei ihr hätte ich nie geklingelt, wenn ich etwas Zucker oder Salz brauchte, erzählte mir Mira, nie hätte ich das gemacht. Solange ich das von Else nicht bitten kann, kann ich nicht an ihrer Tür klingeln, ich weiß nicht, warum auch das für mich tröstlich ist. Vielleicht deshalb, weil ich etwas weiß, was nicht nachprüfbar ist: sie würde mir Zucker geben. Zumindest glaube ich, dass es so sein würde. Dagegen von der Nachbarin in Wuppertal weiß ich sicher, nein, den Zucker würde ich nicht bekommen. Und doch, fuhr sie fort, frage ich mich oft, in was habe ich mich da eingelassen? Alles was ich mit der Zeit über die Dichterin und die Leute um sie herum erfahre, dass sind lauter tragische Geschichten. Auch Elses Stadt existiert heute nicht mehr – und sie selbst wird langsam vergessen. Die Veränderungen in den letzten zehn Jahren sind immer größer geworden, die Kunst wie ihre es war, ist eine Unbekannte geworden, wie auch irgendeine reale Kenntnis über diese Bürgerin von Wuppertal – auch bei uns herrscht immer mehr das gleiche Vergessen, alle Orte der Welt ähneln einander, alles ist global geworden, das Glück, das Unglück und das Vergessen.

Aber Else, damals, hatte nichts vergessen. Im Jahr 1915 schrieb sie das Gedicht:

Georg Trakl (†)

Seine Augen standen ganz fern –
Er war als Knabe einmal schon im Himmel.

Darum kamen seine Worte hervor
Auf blauen und weißen Wolken.

Wir stritten über Religion;
Aber immer wie zwei Spielgefährte;

Und bereiteten Gott von Mund zu Mund;
Im Anfang war das Wort!

Des Dichters Herz, eine feste Burg.
Seine Gedichte, singende Thesen.

Er war wohl Martin Luther.

Seine dreifaltige Seele trug er in der Hand,
Als er in den „heiligen Krieg" zog.

Dann wußte ich, er war gestorben –

Sein Schatten weilte unbegreiflich
Auf dem Abend meines Zimmers.

Ich klappe die Mappe zu und schaue in den Spiegel.
Auch ich bin heute nacht vergesslich, die Scherben haben mein Gedächtnis beschädigt.
So habe ich vergessen, wie Mira zum ersten Mal der Atem ausging, beim Treppensteigen in der Nazor-Straße bis zu unserer Wohnung – die Jahre

haben alles auseinandergerissen, die Erinnerung, jene Zeit, sowie ihr schweres Atmen.

Ich weiß nur noch, Mira und Robert sahen wir im Frühling vor zwei Jahren zum letzten Mal – Mira, die verändert war, dieses sonderbare Paar, das wie von einem anderen Planeten in unser Familienleben fiel.

Heute, da ich ihre Schritte nicht mehr höre, Mutter und Vater nur noch schweigen, wenn ich Mira erwähne, heute weiß ich, auch mein Leben ist nicht mehr das, was es gewesen ist, die Nächte sind lang, ohne Schlaf, die Arbeit im Archäologischen ist zur Routine geworden, und auch ich steige vielleicht schon langsamer unsere Treppe hoch.

Wann hörte Mira auf zu lachen wie früher?

Ich weiß noch, jedes Jahr bei den Besuchen bei uns, fing sie an, begierig alle Zeitungen zu lesen, sie schaute jeden Abend Nachrichten im Fernsehen, sie wollte auf die Schnelle, in einigen Tagen, alles erfahren, was in Zagreb los ist, alles über die Wirtschaft, über die politische Situation, die Arbeitslosigkeit, alles über Kultur – also, alles, worum wir uns überhaupt nicht mehr viel gekümmert haben. Wir hatten uns schon lange dem Trost verschiedener Filme überlassen.

Mira hat uns dann heftig beschimpft, und wir haben nur verwundert mit dem Kopf genickt und geseufzt: nun, alles ist geblieben wie letztes Jahr, das weißt du selbst, es war nie einfach. Wir haben all das satt, wir lesen keine Zeitung, wir sehen keine Nachrichten, besonders die aus der Welt nicht, wir hassen alle Katastrophen, Erdbeben, Kriege, die Geschichten über Morde, alles wovon die Medien leben. Vielleicht hat uns der Krieg auch verändert, aber sicher liegt es auch an unserem heutigen Alter.

Mira hatte uns nur entsetzt angeguckt.

Denn sie wollte wissen, wie unter einem Zwang, in welcher Welt sie lebte.

Und so hat das ihr Leben dort irgendwo, im unbekannten Wuppertal auch sie verändert, und unsere mangelnde Bereitschaft, sich in nutzlose Diskussionen einzulassen, beispielsweise über das Krankenhaus, das immer noch nicht fertig ist, führte dazu, dass sie schweigsam wurde, weiter alles las, aber ihr Blick war, beim Abschied jedes Jahr, etwas trüber, für Momente sogar leer, als würde sie nichts mehr sehen.

Robert hat sie dann immer fest umarmt und sie hat gelächelt, mit der Hand abgewunken und gesagt, ja, du hast recht, ihr habt recht. Immer noch saßen wir jeden Abend in unserer Küche, tranken Kaffee, und Robert pflegte zu sagen, dass die Stimmen der Kinder, die auf der Straße spielen, bis zu uns vordringen – dort gibt es keine Kinder auf der Straße – hier hört man auch das Zwitschern der Vögel. Ich mag das, obwohl, sag' mir, wo sind jene lauten Schwalben? In den ersten Jahren gab es viele Schwalben – bei uns in Westfalen gibt es sie schon lange nicht mehr. Doch die Rosen, wenn ich an den Gärten in der Nazor-Straße vorbeigehe, die roten, weißen, gelben Rosen duften betäubend wie immer, sie duften wie jene in meiner Kindheit.

Dann umarmte ihn Mira.

Ja, hier ist alles viel üppiger, die Gärten mit hohem Gras zugewachsen, überall die verschiedenen Büsche voll Blüten, die Baumkronen sind hoch, grün, ja, die Rosen duften betäubend.

In jenem Frühling saßen wir so zum letzten Mal in unserer Küche. Die Mutter bereitete im Zimmer den Tisch für das Abendessen vor, der Vater half ihr sogar, wir hörten das Klirren der Gläser, der Porzellanteller, des Silberbestecks. Es war ein warmer Abend und man hörte die Kinder.

Als sie im nächsten Frühling nicht kamen, fragten wir uns, ob sie uns vielleicht nicht irgendeine Krankheit verheimlichen, ob sie sich vielleicht getrennt haben, ob sie kein Geld haben für die Reise?

Aber nein, alles ist in Ordnung, schrieb Mira, wir machen einige Reisen wegen wichtiger Arbeitstermine für Robert, wir werden bald wiederkommen, macht euch keine Sorgen.

Zwei Jahre kamen sie nicht.

Ich sitze auf dem Bett und starre auf meine Hände, auf zwei kleine braune Flecken, die auf der Haut erschienen sind. Ja, ich pflege zu wenig die Hände. Bedeuten solche Gedanken das Altern?

Mira interessierte, auch damals noch im Studium nicht, wie alt jemand ist, sie widmete ohne Unterschied ihre Aufmerksamkeit jedem, der ihr nahe erschien, sei er ein alter Mann oder ein Kind, sie interessierte nicht, ob jemand hässlich oder schön ist, ob sich eine Freundin schminkt oder nicht, sie interessierten andere Sachen, ihre Neugier galt mehr der Gefühlswelt „ihrer" Leute und vielleicht war sie – wie schon immer – besorgt wegen des Unglücks, des unvermeidbaren Schicksals von jemandem, wie es das Schicksal ihrer Else gewesen ist. Vielleicht hat sie das am Ende so ermüdet, dass sie langsam aufhörte Teil unseres Lebens zu sein, dass sie sich physisch trennte, mir unbekannte Wege ging?

Mira, meine jüngere Schwester. Die, welche in all diesen letzten Jahren aus jener globalisierten Welt mit Robert zusammen in unsere Übergangswelt kam.
Was hat sie denn dort und hier nicht mehr gut vertragen, welche Last wurde ihr zu schwer? Trotz der Liebe, trotz ihres Glücks mit Robert?

Ist das Altern wirklich so vernichtend, das du bald den Atem verlierst oder den Optimismus? Oder den Wunsch nach einem ruhigen Hafen? Ich bin doch auch immer öfter allein, immer mehr will ich gerne in unserem ehemaligen Zimmer verbringen, es interessieren mich nicht mehr irgendwelche überflüssigen Gespräche über den Sinn oder Unsinn, ich bin nicht mehr kritisch in Bezug auf die Lebensart meiner Eltern, ganz im Gegenteil, sie ist mir immer näher. Die Menschen, scheint es, entfernen sich voneinander, und umso mehr Zärtlichkeit verspüre ich zu einem Tier, einer Katze im Hof oder dem streunenden Hund, diese Veränderungen sind unmerklich, aber es sind doch Veränderungen. Unser alter, ewiger Briefträger brachte auch weiterhin Miras Briefe aus Westfalen, sie meldete sich treu wie immer, schickte mir Übersetzungen verschiedener Gedichte, ihre Fragen, ihre Nachforschungen in den Biographien, ihre Sehnsucht nach jemandem, der nicht mehr lebt.
Und ich las das, schrieb ihr über Zagreb, über Elvira, fragte nach Inge, nach allem, was sie macht, unsere Briefe flogen hin und her wie jene Schwalben,

in ihnen waren wir, was wir sind, ohne Angst vor einem Verrat oder Unverständnis. Diese Briefe wurden der wichtigste Bestandteil meines Lebens.

Nein, ich werde nicht rauchen. Ich werde weiterlesen.
Diese Nacht widme ich den Texten, die niemand anders sehen wird. Ich öffne eine neue Sammelmappe. Mira und Robert waren voriges Jahr, statt bei uns, in Salzburg und in Berlin gewesen. Wegen Else. Wegen Trakl. Wegen allem. Ich konnte das gut verstehen. Ich sehe sie vor meinen Augen, mit jener kleinen Reisetasche, alten Tasche, die sie immer, schon seit Jahren, auf jede Reise nahmen. (Hatte sie sie auch im August 2005 mitgenommen?) Und ich? Habe ich überhaupt eine Reisetasche?
Mir wurde erst vor einigen Tagen klar, warum ich nie und nirgendwo hin reisen wollte. Es war sicherlich wegen meiner Träume.
Schon als Kind träumte ich von einem unbekannten vereisten Fluss irgendwo im Norden Europas, in den ich hineingefallen bin und nicht schwimmen konnte und gleich hat mich die Eisdecke wie eine weiße Decke bedeckt, über mir wurde alles schwarz, wie eine Nacht ohne Sterne.
Später träumte ich eine venezianische Lagune, ich kann aber Arme und Füße nicht bewegen, kann nicht laufen, sondern versinke, wie ein schwerer Stein, in die Tiefe.
Ich träumte die Wüste Gobi, heißen Sandwind, der mir die Augen verbrennt und ich, so blind, sinke immer mehr im heißen Sand ein bis er mich ganz bedeckt hat, erstickt.
Ich träumte auch von den Regenwäldern Boliviens, in denen mich immer stärker die Lianen umschlingen, ein Dickicht aus dem ich nicht herausfinde.
Dann die Donau bei Wien, die Drau bei Osijek, das Meer bei Brest, die Sümpfe, den hohen Schnee, der mich auf Island verschüttete, ständig träumte ich von der Welt und wachte in Panik auf.
Hab ich deshalb angefangen zu glauben, es ist besser, du reist nirgendwo hin, rühre dich nicht von der Stelle, setz dich auf den Stuhl, geh' nicht in die Ferne.
Oder träumte ich im Grunde schon ewig von London, von Miras Reise nach London?

Warum wusste ich nicht, was ich jetzt weiß? Und über diese Träume, Albträume, habe ich nie erzählt, ich betrachtete das als meine eigene Verrücktheit – ja, zu viele Bücher und Filme über fremde Länder, so etwa. Erst jetzt begreife ich, dass ich als Zwillingsschwester das träumte, was geschehen wird auf einer Reise.

Mira schickte mir nach ihrer Reise Roberts Notizen über Salzburg und Berlin. Robert war und blieb Miras geduldiger Reisebegleiter, der, außer dass er sie verstand, mit ihr auch alle diese geheimnisvollen Leidenschaften nach einem Gedicht, nach einem Satz oder einem rotem Bild teilte.

Wir waren in Salzburg, sind wieder in Wuppertal. Es ist Sommer, es ist heiß.

Die Fliege trinkt Wasser aus dem Glas, sie ist kopfüber auf der Innenwand des Glases zur Wasseroberfäche hinabgestiegen.

Nach der Rückkehr machten Mira und ich drei Dinge: wir schauten in der Trakl-Monographie von Otto Basil nach, in das Buch von Franz Fühmann „Vor Feuerschlünden" und in die österreichische Zeitschrift „Wort in der Zeit".

Bei Basil steht, dass das Ehepaar Trakl in Salzburg zuerst in der Schwarz-straße nahe dem Mozarteum wohnte, dann im Eckhaus gegenüber der alten Stadtbrücke.

Später, 1883, in zehn Zimmern, einem ganzen Stockwerk auf dem Platz Waag, die Wohnungsfenster schauten auf den schönsten Platz der Stadt, den Mozartplatz. Ja, dort waren wir auch, wir kamen durch die Judengasse, saßen im Café vor ihrem Haus. Dort ging ich wegen Kopfschmerztabletten in die Apotheke, in der Sonne, in der Hitze und die Plätze waren strahlend hell, geräumig und ich war aufgeregt wegen „seinem" einstigen Blick vom Fenster des Kabinetts. Ich sah im Vorbeigehen, als ich den Kopf umdrehte, im Schatten der Doeltergasse das Haus, auf dem mit großen Buchstaben oberhalb der Fenster stand: Trakl-Haus. Ich wollte nicht hineingehen, für mich wirkte es zu museal, wie ein (für ihn unpassend) protziges Denkmal. In ihrem anderen Haus, hoch, mit vier-fünf Stockwerken, befand sich noch immer das Café „Glockenspiel", so wie das Basil beschrieb. Hoch war auch der Hof, mit zwei Bögen und einer Säule, die offenen überdachten Balkone entlang der Stockwerke waren halb im Schatten. Unten war irgendein Lagerraum, neben ihm der Satz: Hof des Geburtshauses.

Beim Blättern in der Monographie, noch eine Begegnung: „ …*wenn er an der frierenden Hand der Mutter Abends über Sankt Peters herbstlichen Friedhof ging."*

Im Buch dann das Foto des Pavillons im Familiengarten, Büsche, Ranken, Zweige eines Baums. Aber wo befand sich dieser Garten? Im Hof des Hauses auf dem Platz Waag oder woanders? Ich habe ihn unbewusst und wahrscheinlich falsch mit dieser Wohnung in Verbindung gebracht.

Ich fühle mich schuldig wegen dieses Irrtums, wegen Unkenntnis der Stadtgeographie. Der Hof und der üppige Garten wurden eins mit dem Haus – hier also lag der Fehler. Der Garten muss woanders gewesen sein. Das Buch „Vor Feuerschlünden", das 1982 herauskam, habe ich vor Mira durchgelesen. Trakl wurde 1887 in Salzburg geboren – als ich damals das Buch las, hätte ich alles gegeben, um dieses Geburtshaus zu sehen, den dunklen Hof, das Steinpflaster, die merkwürdigen Arkaden in den Stockwerken, die dunklen Fenster und Türen – alles geisterhaft unbewohnt. Aber als ich dort war, wollte ich nicht hineingehen.

Ich las weiter, langsam, süchtig: „*eine behütete Kindheit im schönen Garten, und dennoch eine Kindheit wie viele …. es fragt sich nur, was aus ihr wird …."* Wieder blättere ich in Basils Monographie: Tobias Trakl kaufte in der Pfeifergasse 3 das Haus mit großem Garten, in dem die Kinder unter der Aufsicht der Gouvernante den ganzen Tag spielten.

Jetzt ist mir unser Fehler klar. Auf dem Stadtplan, oberhalb des Flusses Salzach finde ich die Pfeifergasse 3. Wir haben dieses Anwesen auf das andere Ufer verlegt und deshalb konnten wir dort ihren Garten nicht finden.

Auch Fühmann war 1977 nach Salzburg gereist mit einem schlechten Stadtplan und mit wenig Geld. Der Portier im Hotel hat nie den Namen Trakl gehört. „Dann Trakls Geburtshaus, Trakls Wohnhaus, Arkaden, Säulen in der Loggia, der Garten in dem er mit der Schwester Grete gespielt hatte, immer noch halbzugewachsen, ein Nußbaum, ein Holunder, alter Brunnen; Trakls Apotheke; Trakls Gifte; Trakls Sonne. Ich ging wie im Traum. Cafe „Glockenspiel"; Cafe Tomaselli; das Freudenhaus gleich um die Ecke in der Judengasse, durch Bomben im Krieg zerstört, aber man sieht das neue, das sich im Felsen des Kapuzinerbergs befindet". Fühmann fand also den Garten — das hatte ich vergessen — gelesen, doch in Salzburg wieder vergessen. Mira und ich fanden den Garten der Kindheit nicht.

Die Zeitschrift „Wort in der Zeit" von 1964 ist dem 50sten Jahrestag des Todes von Georg Trakl gewidmet, einer der Beiträge in der Zeitschrift ist von Basil: Femdlingin, das ist nach Georg Trakl seine vier Jahre jüngere Schwester Grete. Angefügt wurden noch andere Spitznamen für sie: Jüng-lingin, Mönchin.

Weiter steht es im Text: Die Drogen-Abhängige bettelte damals immer öfter jemanden an und einem Bekannten schrieb sie ...." ...*ich komme nicht Sie wegen des Opiums zu belästigen und obwohl ich von ganzer Seele hoffe, dass Sie es mir in den nächsten Tagen beschaffen werden. Mir ist etwas Entsetzliches geschehen. An Georgs Gesicht und Laune sehen Sie einen ganz schwachen Abglanz eines Teiles meiner Schmerzen* ..."

Grete zog nach dem Tod des Vaters 1910 nach Berlin, um die Klavierstun-den beim Professor Dohnanyi fortzusetzen. Sie wohnte in einer billigen Pansion im Stadtteil Wilmersdorf, Ringbahnstrasse 257, bei einer Frau Han-sen, wo sie deren Neffen kennenlernte, den viel älteren Arthur Langen, der angeblich vom Beruf Zweiter Operndirektor war. Gretes Schwester Maria schrieb: Ein riesengroßer Mann, den Grete 1912, mit kaum zwanzig Jahren geheiratet hat. Im Marz 1913, als nach der Fehlgeburt Gretes Tragödie und die Krankheit immer offensichtlicher wurden, kam der Bruder Georg gleich nach Berlin, um bei ihr zu sein. Das war ihre letzte Begegnung. Denn nach dem Tod des Bruders, 1914, hat Grete, nach der Aussage vieler, auch von Else, den Boden unter den Füßen verloren. Ihr Mann hatte sie verlassen, es folgte eine materielle und seelische Krise nach der anderen. Als sie sich im Nachbarzimmer erschoss, an jenem Abend in einer Gesellschaft von Künstlern, war sie nur 25 Jahre alt.

Einen Monat nach Salzburg reisten Mira und ich nach Berlin.

Sofort gingen wir auf die Suche nach jener Pension, in der Grete gewohnt hatte. Es war Sommer und ein leerer Sonntagnachmittag. Wir spazierten den Kurfürstendamm hinauf Richtung Halensee und bald standen wir vor der Brücke, die den Durchgang der ehemaligen Ringstrasse versperrte. So war die Strasse jetzt sehr kurz, acht Häuser auf jeder Seite, es war nur noch der Rest der ehemaligen Strasse. An ihrem Ende, am letzten Haus, sah man noch eine alte Reklame, vielleicht aus der Zeit vor dem Krieg, aus Gretes Zeit? Hinter den Häusern Gärten, dann Eisenbahnschienen und Züge, die fahren. Mira und ich suchen nach übriggebliebenen alten Nummern, die vielleicht in den Jahren mit Farbe übertüncht wurden, aber die Strasse war überaus kurz, das war sie wahrscheinlich auch früher, hier konnte unmöglich eine so hohe Nummer wie 257 sein. Grete muss woanders gewohnt haben oder die Nummer war, nach so langer Zeit, falsch angegeben worden.

Am oberen Ende der Strasse steht der Rest einer alten Fabrik aus dunkelroten Ziegelsteinen, die Fenster sind zerschlagen, alles ist leer, das Eisentor mit dem Schloss verriegelt. Kein Mensch nirgends. Die Hitze, die Luft steht. Doch die Vergangenheit ist an dieser Stelle irgendwie nah, zum anfassen. Wir lugen durch den eisernen Zaun, aber auch an der Fabrik sieht man keinen Rest einer alten Nummer mehr, nach der wir uns orientieren könnten. Wir laufen weiter. Das Grün, alte Bürgersteige, vor uns ist endlich die Katharinenstraße. Jetzt ist die Vergangenheit noch näher. In dieser Strasse ist eine Tafel auf einem modernisierten Haus, auf der steht: Hier wohnten von 1909 bis 1912 Else Lasker-Schüler und Herwarth Walden. Hier haben sie sich kennengelernt und mit Grete und Georg Freundschaft gepflegt.

Warum hat uns die Schwester des Dichters überhaupt so beschäftigt? Und ist es wirklich wichtig jetzt auch noch ihr Grab zu finden? Dennoch am gleichen Nachmittag gehen wir zum Friedhof Wilmersdorf.

Die Antworten kennen wir nicht, aber das Suchen geben wir nicht auf.

Überall hohe grüne Hecken, als wären wir in einem Labyrinth.

Zypressen, Duft von Harz und Rosen, die Sonne. Wir laufen und lesen Namen.

Nein, wir fanden nichts, nichts was an Grete Langen-Trakl erinnern könnte (in einem Film über ihren Bruder, den wir in diesem Frühjahr im Fernsehen gesehen hatten, wurde auch kurz ein Teil dieses Friedhofs aufgenommen und es wurde gesagt, dass Grete dort begraben ist). Wir irren weiter im alten Teil des Friedhofs und suchen – doch nirgendwo der Name Langen und das Todesdatum.

Vielleicht ist das auch normal, denn wer würde bis heute die Gebühren für ihr Grab bezahlen? Und nach fünfzig Jahren gehen die Gräber sowieso in den Besitz der Stadt und der Gemeinde über. Doch vielleicht gibt es ihr Grab nicht mehr, wegen der Verurteilung seitens der damaligen Gesellschaft, oder wegen der Armut der Familie? Vielleicht wurde sie anonym begraben, ohne einen Grabstein, ohne Namen? Und was könnten wir auch erfahren, wenn irgendein Andenken geblieben wäre, eine Zeile oder ein Datum? Warum tun wir das überhaupt, wir sind doch keine Erforscher des Lebens der Familie Trakl?

Ja, das Schicksal des Bruders und der Schwester hat uns gerührt. Und das ist wie ein letzter Gruß an sie.

Oder spazieren wir einfach gerne auf einem Friedhof, hier, in Wuppertal, in Zagreb?

Die Namen, fast unleserlich, Engel aus Stein, weiß oder mit Moos bewachsen, Gras, Stille, Wind in den Zweigen der Bäume, Trauer. Die Schritte auf dem Kies. Endlichkeit, Untröstlichkeit, Zerfall. Frisch aufgehäufte Erde einiger Hügel, verwelkte Blumen der Kränze, Holzkreuze, ein Datum vor ein paar Tagen.

Und eigene Zukunft, unvermeidbar. Aber wahrscheinlich noch nicht jetzt, nicht heute oder morgen. Alle diese Fragen.

Der Schmetterling, der wegfliegt und damit nichts zu tun hat – oder doch? Auge in Auge mit dem Abschied. Und diese vielen unausgefüllten Leben, früh verloren.

Und die Gleichgültigkeit dieser fremden Namen. Hier gibt es keine Geister, das sind nur Knochen. Und Asche. Unter der Erde vielleicht Fäulnis, ja, Natur.

Und jenes Nimmermehr, nicht mehr, das Verschwinden.

Wir kehrten zurück ins Hotel und schliefen gleich ein. Am nächsten Tag gingen wir noch zum Park Lietzensee. Und fanden ein hohes, steinernes Denkmal aus dem Ersten Weltkrieg, das dem III. Garderegiment der Königin Elisabeth geweiht war. Namen, Namen und Jahreszahlen, auch fast unleserlich. Wie auch die Namen aller Orte, an denen die schwersten Schlachten waren. Unter ihnen auch Gródek in Galizien, bei Krakau.

Das letzte Gedicht von Trakl nach dieser blutigen Schlacht trug den Titel „Gródek". Seine Sanitätskolonne war der III. österreichischen Armee angeschlossen.

Nachdem er auf offenem Feld alle Verwundeten verbunden hat, nach dem Blut, den Schreien, wollte sich Trakl gleich töten – er erlebte einen echten physischen Zusammenbruch, weinte, schrie. Er besaß Morphium. Am 4. November morgens fand ihn sein Bursche, es war für alles zu spät, er war tot.

Sein Schatten weilte unbegreiflich / Auf dem Abend meines Zimmers

schrieb Else in der Katharinenstraße in Berlin und dann erfuhr sie von seinem Tod. Grete lebte damals noch.

Georg Trakl hatte in seinem Leben nur einen eigenen öffentlichen Literarischen Abend gehabt, berühmt wurde er erst später.

Wir stehen vor dem Denkmal und erinnern uns, wie wir damals in Salzburg in der Apotheke waren, in der ein Radio lief und wie wir irgendwelche blöden Tabletten kauften. Die Apotheke war alt, unten, unterhalb des Niveaus des Bürgersteigs, alt waren die Aufschriften auf den Flaschen aus weißem Porzellan, die Verkleidung war aus dunklen Holzplatten, war wenigstens sie unverändert geblieben?

Oder wurde alles vom Winde der Geschichte und der Jahre verweht?

An der Straße St. Julien, unweit von unserem Salzburger Hotel, stand ein altes Kaffeehaus, in das wir nie hineingegangen waren. Hinter dem Glas sahen wir Torten, Kuchen, Bänke mit rotem Samt überzogen, runde Tische aus Marmor. Auf einer Bank unter dem goldgerahmten Spiegel saß ein grauhaariger Herr im zartmodischen Sakko, saß unbeweglich und las die Zeitung, er wirkte wie eine Holzstatue, wie die Figuren der Straßenmusikanten angehalten in ihrer Bewegung, die wir im Museum Carolino Augusteum gesehen hatten. Die Zeit schien still zu stehen, und der Herr war jemand aus der Vergangenheit, das Café war aus der Vergangenheit, wie die benachbarten Bahndämme, die zerrissenen Reklamen auf den Wänden, die verrostete Eisenbahnbrücke, die baufälligen Neubauten, die Vorstadt. Gleich erinnerten wir uns an den oberen Teil der Mihanović-Straße in der Nähe des Westbahnhofs des Bahndamms, ähnlich diesem, alle diese Dämme und Brücken wurden noch während der Österreich-Ungarischen-Monarchie erbaut. Jahre, Jahrzehnte sind vergangen, aber die alten Schienen, die alten Dämme sind geblieben, sie sind aus der Zeit des Dichters Trakl und seiner Schwester.

Wir stehen, also, im Park in Berlin, vor dem Denkmal der vergangenen Schlachten und denken an Salzburg, an Zagreb. Wir fanden nicht alles, was wir suchten, aber wir fanden wenigstens einige Spuren, vielleicht auch den Geschmack ihrer Zeit.

Mira hatte mir nach diesen Reisen geschrieben:
Verzeih mir, liebe Schwester, augenblicklich hatten wir keine Kraft für noch eine Reise, die Fahrt nach Zagreb. Grundlos, ungehörig, wie Robert sagte. Aber seit dem ich schlechter schlafe, schwirren in meinem Kopf verschiedene dumme Ängste – und Müdigkeit.

Mir auch, Mira, obwohl ich noch einige Stunden durchschlafen kann und träumen, mich erinnern, und hören wie Mutter und Vater im Nachbarzimmer laut atmen. Hier hört man alles. Aber euer Nichtkommen, deine Schlaflosigkeit, das sind alles keine Gründe – das geht vorüber, sicher.

Mira antwortete.
Manchmal denke ich, vielleicht ging es mir hier in Wuppertal nie gut genug,

vielleicht bin ich doch eine Fremde geblieben. Und wenn es Robert nicht gäbe – wer weiß? Vielleicht wäre ich in mein ehemaliges Nest zurückgekehrt, und alle Sehnsüchte hätte ich irgendwo in dem alten Koffer mit den Büchern gelassen. Robert ist wegen seiner Zeitung immer öfters auf Reisen in Deutschland, muss irgendwelche Sitzungen fotografieren, Empfänge, alles was ihn nicht mit Zufriedenheit erfüllt, und ich sitze dann in unserer Wohnung, habe keine Lust auf die Straße hinauszugehen, keine Lust zu kochen, nein, nichts.

Du sitzt, Mira, wie ich in einem Raum vielleicht ohne echte Zukunft, nicht wahr? Oder hatten wir Unrecht, dass unsere Kraft reicht und endlos ist? Ich kenne das gut, aber vielleicht ist es auch unser Alter und dieses Leben, das ich, wenigstens ich, eigentlich ziemlich sinnlos verbraucht habe, ohne das was Neues entstanden wäre, oder?
Auch ich befasste mich mit unnötigen Dingen, unbescheidenen Illusionen, nicht wahr? In alledem, das weiß ich, fehlen mir nur du und unsere Gespräche.
Manche werden sagen, ich hätte heraustreten sollen aus deinem Schatten, aber es war mir nicht möglich, dein Leben, deine Leidenschaft für tote Künstler waren mir wichtiger als alles was um mich herum ist, vielleicht lebte ich ein fremdes Leben, dein Leben, doch vielleicht war in dieser Anstrengung, wegen der unerfüllten Jugendträume, nichts anderes möglich.

Sie schrieb mir: Du siehst dich zu klein, denn der Mensch kann ermüden auch ohne Gründe, die für andere verständlich wären, kann geboren sein mit diesem Mangel an Kraft oder vielleicht der Möglichkeit der Selbsttäuschung. Oder vielleicht wegen dieser und jener Umstände. Wer weiß das heute überhaupt noch, da weder du noch ich in unserer ehemaligen ständigen Nervosität, besser gesagt Unsicherheit, nicht mehr leben. Jetzt sind wir ruhig, du bist ruhig, das kann auch Reife sein, nicht nur Müdigkeit.

Ja, Mira, wir sind überhaupt nicht mehr schnell. Ich kann Mutter und Vater besser verstehen, auch sie kamen von irgendwo, wo es keine glänzenden Ideen oder Projekte gab, auch ihr Leben entfaltete sich nach ihren Möglichkeiten, sie haben die Forderungen der Umgebung erfüllt, Kinder, Wohnung, Auto, auch sie haben vielleicht nicht zu sich selbst gefunden. Denn was haben ihnen die ihrigen gesagt? Ja, es gab Alkohol, Grobheit, Entfremdung, sie waren nur Fremde in ihrem Leben. Und so blickt unser Schrank immer noch zu mir und auf der matten Lackoberfläche existiert keine Oma mehr, sie hat sich in Erinnerung verwandelt. Und heute gibt es im Spiegel auch dich nicht mehr. Er ist nicht zerbrochen, aber er ist auch nicht mehr ganz. Stundenlang sitze ich ruhig hier und warte, dass das Morgen kommt und dass ich wieder anfange, die Scherben der alten Keramikgefäße zu kleben. Dann sitze ich mit Elvira zusammen und höre ihre Geschichten, das ist die Realität.

Ich muss dir zugeben, Schwester – so lauteten die Antworten – dass ich am Anfang meines Aufenthaltes in Wuppertal, außer den Übersetzungen, weiterhin geschrieben habe, glücklich und frei. Ich kam endlich dahin, wo ich nicht beengt leben musste, was den Raum betrifft und wo keine Zensur war, jene die ich damals auf der eigenen Haut gespürt habe. Ich war aufgeregt, damals in diesen ersten Jahren, ich schrieb auch über uns. Und ich fand Robert. Und jetzt? Wen interessieren Geschichten zweier älterer Frauen, Geschichten über den grauen Sozialismus, über unsere Irrtümer und Hoffnungen? Die Zeiten sind jung und vielleicht sogar gegen uns, liebes Schwesterchen?
Zwei Schicksale, zwei Länder, zwei Erfahrungen – und immer dasselbe Ergebnis: wenn du nicht das Lied der Zeit spielst, wenn du nicht wach bist, so dass du das Ticken neuer Uhren hörst, und wenn dir dann noch manche näher sind, die es nicht mehr gibt und du trotzdem ein wenig erschrocken warst und geblieben bist – dann wird aus alledem nichts.

(Auch Mira war erschrocken?)

Ich weiß nicht, wann ich begriffen habe, es war viel später, ich hatte schon aufgehört zu schreiben, dass all das, was ich hier erfahren und erlebt habe, alles Fremde, mit unglaublicher Geschwindigkeit auch zu uns zieht. Und so habe ich Euch mit Robert jahrelang Geschenke mitgebracht, schöne Schals, neue Apparate, Kosmetik – ich brachte auch kleine Lügen, dass dort alles nur schön ist. Obwohl ich weiß, ich weiß, es ging mir wahrscheinlich immer noch viel besser als dir. Wir hatten eine große Wohnung, allein, schöne Möbel und alle Bücher, die ich überhaupt lesen wollte, konnte ich hier finden (auch das ändert sich langsam) und wenn ich nicht weiter insistiert hätte zu schreiben und zu veröffentlichen, wäre ich vielleicht zufrieden mit meinem Mann, mit dem Auto, den Reisen. Aber das Schreiben stellt auch manche andere Fragen über das Leben und über die Zeit, wenigstens mir stellt es diese Fragen. Manchmal denke ich, vielleicht hat mich das Schreiben vergiftet?

Nein, mach' dir keine Sorgen, es ist überhaupt nicht schlimm, dass ich schließlich das Leben im Schatten gewählt habe, wir sind doch Schwestern, nicht war? Auch Robert hätte sich anders ins Licht stellen können, er hätte andere Dinge fotografieren können, oder in die Redaktion Sensationsfotos tragen, Zeitaufnahmen, entweder über den Krieg oder die Schönheit. Und deshalb freute ich mich, immer schon Monate vorher, auf euch und auf mein Zagreb, auch Robert freute sich, aber je weiter die Zeit verging und das Land, besonders nach dem Krieg in die Transition raste, in das, wovor ich in Wuppertal angefangen habe wegzulaufen, wurde uns immer klarer: alles ist eine Welt. Und die Träume von der einsamen Insel und den renovierten Steinhäusern ist nur ein naiver Traum, denn dort ist es auf eine andere Weise schwierig, es gibt keine Ärzte, oder andere Wohltaten der Technik, es gibt oft eine unerträgliche Verlassenheit, besonders für junge Leute, nein, man soll sich nicht täuschen. Und so habe ich mich wie eine Statue in dieser „meiner" Welt verankert, wie auch in der Arbeitswelt. Gesetze des Marktes, Ersparnisse, Kredite, Zinsen und Verluste! In der Welt jener im Licht und dieser, es gibt sie immer mehr, in der Dunkelheit. Denn ich gehe heute auf der Strasse immer öfter an kleinen geschlossenen Läden vorbei, es gibt unseren alten Bäcker nicht mehr, und nicht den Gemüsehändler, überall nur leere Schaufenster und Aufschriften: Zu vermieten, Zu verkaufen. Die Menschen laufen irgendwie lustlos herum, ohne Arbeit, die großen Fabriken ziehen in Länder mit billigeren Arbeitskräften, die Jugend ist ohne Arbeit, will weg, denn was für eine Zukunft wartet auf sie? Warum beunruhigt mich das alles überhaupt? Das sind wirklich jugendliche und unreife Erwartungen – oder – die Veränderungen sind so schnell, dass sie unsere Empfindlichkeit nicht nachvollziehen kann. Ich sehe schon wie meine Bekannten, außer Inge, nur mit dem Kopf nicken und sagen, wozu braucht sie auch das noch, wir leben doch, wir sind nicht gerade in Afrika. Verzeih mir, Schwester, es ist mir aber auch nicht gleich, wie es dort ist. Ich weiß auch, darüber sollte man schweigen, man soll sich klug täuschen, versuchen den Boden, auf dem man steht, zu vergessen. Wenn es möglich ist, ja, nur das.

Sie schrieb auch über komische Auseinandersetzungen: zwei Handtücher hingen im Bad, für sie war das Handtuch neben der Badewanne das zweite. Nimm das erste zum Händeabtrocknen, jenes neben dem Waschbecken, das ist das erste, doch für Robert war das das zweite und jenes neben der Badewanne das erste, die Diskussionen dauerten und da half keine Logik. Sie liebte seinen spezifischen Humor und als sie einmal, aus dem Fenster in den Garten schauend gefragt hatte, weißt du, wie der große Baum heißt, dann antwortete er ruhig, ich weiß nicht, aber ich geh und frag' ihn mal. Sie schrieb über Else, darüber, wie sich Wuppertal, ähnlich wie Zagreb, veränderte. Die graue Stadt der Dichterin verschwand langsam im Glanz der Glasbauten, nur die Schwebebahn blieb unverändert, blieb so wegen der Touristen, eine Attraktion, und nicht wegen dem Hang zur Tradition. In allem gelang es Robert sie zu trösten, er war immer ein bisschen ironisch, und wenn sie morgens früh aufwachte, zu früh und dann so unausgeschlafen voll dunkler Gedanken und Ängste war, dann stand er nur schweigend auf und sagte, bleib' liegen, ich bringe dir den Kaffee und die Zigarette, denk nicht an das, was wir nicht ändern können.

Verzeih, Robert. Aber warum sind die Unterschiede so groß geworden, vielleicht gibt es jene sichere Ecke, die wir suchten gar nicht? – Doch, wir sind noch hier, wir atmen noch.

Sie rauchte und wurde wieder schläfrig. Er fragte nie welche Erscheinungen, welche Träume sie quälten. Und so schlief sie wieder ein, und als sie später aufwachte, war alles gut, die Nacht vergessen.

Weißt du, Schwester, wenn wir Briefe schreiben, dann ist nicht alles real. Die Stille im Zimmer und dieses weiße Papier, das Alleinsein – dann dringt in die Zeilen auch das, was uns nicht in jedem Moment bewusst ist. Denn auch wir lachen oft, wie wir beide einst in unserem Zimmer, das musst du mir glauben. Die Liebe bleibt uns, sie ist unversehrt, auch vom Älterwerden. Und Robert in seiner Redaktion, spürt diese Zeit auf der eigenen Haut. Seine Fotografien sind nicht „verkäuflich" genug. Vielleicht weiß er, dass auch seine Tage bei dieser Zeitung gezählt sind.

Davor hatte Mira natürlich Angst. Was wird aus uns und mit allem, was wir lieben, oder besser gesagt, wovon wir leben? Robert wollte nicht darüber nachdenken? Er wartete, und wusste irgendwie wird er zurechtkommen. Dann schickte mir Mira Zettelchen mit Zitaten von Heiner Müller, die ihr Robert, bevor er in die Redaktion ging, auf den Tisch gelegt hat. „…So lange die Freiheit auf Gewalt und das künstlerische Schaffen auf Privilegien beruht, werden die Kunstwerke die Tendenz haben, Gefängnisse zu sein, und die Spitzenleistungen Komplizen der Herrschaft. Die großen Texte in diesem Jahrhundert arbeiten an der Liquidierung ihrer Autonomie, die Produkte der Unsittlichkeit mit dem Privateigentum an der Entfremdung und so schließlich am Verschwinden des Autors …" Das ist jemand, der uns und unserem Empfinden der Welt nahe steht, nicht wahr?

Ich wusste nicht mehr, was ich geantwortet habe. Dieser Zettel liegt noch zwischen allen Briefen und Papieren hier im Zimmer. Ich weiß, dass Mira weiterhin sehr oft mit Inge zusammen war und wenn Robert verreisen wollte, dann schlief Inge bei ihr; sie saßen abends lange und unterhielten sich, lasen und hörten Musik. Auf den Straßen war es still, Mira war glücklich, dass Inge mit ihr war und dass sie treu blieb, besonnen, unverändert.

Auch hier ist die Nacht still.

Ich sehe eben, dass ich in den Händen eine Postkarte halte, die gestern ankam, Inge wird uns bald besuchen, sie wird nach Zagreb kommen: mach dir keine Sorgen, ich kann gut englisch, ich muss dich endlich kennenlernen, ich möchte euch sehen, möchte mit euch reden. Nach London, nach allem. Es ist mehr als ein halbes Jahr vergangen.

Reden? Sich erinnern müssen – es würgte mich im Hals.

Auch Robert schwieg immer noch, ich konnte das gut verstehen.

In der Nazorova war das Schweigen auch absolut.

Mira schickte mir nie Mails, immer schrieb sie mit der Hand, jahrelang zeichnete sie pedantisch ihre runden, sehr lesbaren Buchstaben: weißt du, das beruhigt mich immer irgendwie, es gibt mir das Gefühl für Minuten, Stunden, die vergehen, während ich auf dem weißen Papier Zeile für Zeile für dich ausschreibe. Noch immer, wie in der Schule, mag ich langsames Schreiben.

Ich weiß, wir hatten einmal, wegen unserer ungeduldigen Eile, gelernt, wenigstens ein bisschen beim Schreiben der Hausaufgaben, langsamer zu sein – schreibe langsam, langsam, ich bitte dich, redete ich Mira zu und sie mir. Und so blieben wir dabei auch in Zeiten der blauen oder schwarzen Tinte, der verschiedenen Schreibfedern und Kugelschreiber, und auch später, als ob dieses Papier mit Sätzen – außer wenn es um Arbeitsunterlagen ging – das flimmernde Licht der Bildschirme nicht vertrug. Oft klebte sie mir auf den Brief ein Bildchen, ein Foto aus der Zeitung, ein Kleeblatt mit vier Blättern. Manchmal zeichnete sie mit der Hand Herzen und Kreise, die Buchstaben waren groß oder nur klein, ihre Handschrift floss über die Blätter hinunter wie Sand der Zeit in einer gläsernen Sanduhr, sie wollte die Zeit anhalten.

Doch Miras Handschrift war in den letzten Monaten unruhig geworden, manches Wort unleserlich, als ob es sich übers Papier ergossen hätte, als ob sie jede Geduld verloren hätte. Sie schrieb auch immer seltener.

Und so zwang mich Inges Postkarte – auch ihre Handschrift war leserlich – die ich noch in der Hand hielt, mich in diesem Monat August dem unbegreiflichen Unglück zuzuwenden, obwohl ich dem monatelang ausgewichen bin.

Noch immer wissen wir nicht, niemand von uns, wann Miras Wunsch, nach London zu fahren, gereift ist, um endlich den Raum in der Tate Gallery aufzusuchen, der Rothko gewidmet war. Ich weiß nicht, warum sie das an diesem verfluchten August 2005 tat? Sie erzählte mir von diesen Bildern schon ewig, noch in unserer Studienzeit, als sie in Zagreb die große Rothko-Monographie kaufte. Alles war für sie interessant in Verbindung mit seinem Werk, sie war eine Zeitlang, wie von Else, auch von ihm fasziniert, besonders mit der Geschichte über sein Projekt Seagram, den Skizzen für Wände, die Rothko 1958 im Auftrag des Architekten Mies van der Rohe für das Gebäude Seagram in New York malte, für das noble Restaurant „Four Seasons". Die ersten Skizzen und Bilder hatten die Besteller abgelehnt, sie entsprachen der Atmosphäre eines Restaurants nicht – der Maler jedoch, hat, genauso wie der Architekt, gerade diese Unstimmigkeit, die Dissonanz gewollt.

Michel Butor sagte sogar, dass man in diesen Skizzen für Seagram das Läuten der Totenglocken hört. Die Bilder blieben im Atelier. Bis London. Denn 1969 oder Anfang 1970 kamen neun große Leinwände per Schiff nach London, für die Tate Gallery, sie kamen an am Morgen des 25. Februar 1970, am selben Morgen als Mark Rothko auf dem Boden in seinem Atelier in New York gefunden wurde. Er hatte Selbstmord begangen. Wegen der Krankheit, Erschöpfung, der Angst, dass er nicht mehr malen kann? Die Bilder, wie ein Abschied, kommen an dem Tag, als er aufhörte zu atmen, die dunkelbraunen, dunkelroten, grauen Bilder, die er für London ausgewählt hat.

Mira war dann lange Abende, wie für immer, vertieft in die Betrachtung dieser Skizzen, insbesondere in das Bild „Schwarz auf Braun" aus dem fernen Jahr 1958. Stundenlang schaute sie, auf ihrem Bett sitzend, das Buch mit den Reproduktionen an und sie sah in diesen Gemälden die Beruhigung des Malers und die Vorahnung des Endes. Seines? Unseres? Immer als sie mit Robert in Zagreb war, sagte sie leise zu mir, ich muss einmal nach London, ich muss diese Bilder sehen. Rothko hatte zwei

Jahre an diesem Projekt gearbeitet. Er war vierundfünfzig und bezaubert von dem Gedanken, einen Raum zu schaffen, ein ganzes Zimmer, bemalt mit eigenen Wandbildern. Niemand weiß es genau – er wollte, auch auf Aufforderung des Architekten, nichts ändern – weshalb er am Ende, als alle Probleme gelöst wurden, die Auslieferung der Bilder wie auch jedes Honorar für die zweijährige Arbeit verweigerte. Und zehn Jahre später, schenkte er neun von insgesamt vierzig Gemälden der Londoner Tate Gallery. Von den restlichen Bildern wollte er nie eins verkaufen, und Käufer gab es, wie auch das Interesse vieler Museen. Warum er so gehandelt hat, das blieb auch nach seinem Tod sein Geheimnis. „Amerika ist weit und nach London werde ich irgendwann reisen" sagte er, als er im Atelier in New York saß.

Den Satz verstehe ich gut, sagte mir Mira einmal, vor langer Zeit. Vielleicht war er doch erschrocken, als er begriff, dass die Bilder ein Restaurant schmücken sollen, das nur reiche Leute besuchen? Er war einer, der sich immer bemüht hat, seine Menschlichkeit gegenüber den unmenschlichen Schichten der Gesellschaft, gegenüber den großen Wirtschaftskonzernen zu bewahren. Im Jahr 1959 sagte er zu einem Bekannten „… das ist der Ort, an dem die reichsten Idioten fressen gehen – um sich zu zeigen: … weißt du, diesen Auftrag habe ich mit allen bösen Absichten angenommen, ich hoffte etwas zu malen, was jedem Hurensohn, der dort isst, den Appetit verderben würde …"
Aber dann, als er die Bilder beendete, wollte er sie nicht den Bestellern aushändigen, obwohl sie am Ende diese Arbeiten wollten.

„Rothkos Gemälde sprechen immer über die Beziehung des Menschen zur Architektur, zum Raum. Er malt keine Szenen sozialer Probleme, er versucht den Schmerz dieser Situationen auszudrücken", schreibt Thomas Kellein: „auf den Bildern der zweiten Serie von Skizzen für die Wandgemälde bestehen die Farbsequenzen aus Lagen roter, brauner und schwarzer Töne (auf einem Bild gibt es nie mehr als zwei Farben). Die Höhe der Leinwand ist 267 Zentimeter und die Breite ungefähr 183 Zentimeter bis

366 Zentimeter … Die Bilder der dritten Serie sind charakteristisch wegen eines noch dunkleren Kolorits, da hat er zum ersten Mal der Farbe Harz beigemischt …"

Aus dieser Serie hatte er die neun Gemälde für die Tate Gallery ausgewählt. Endlich hat er sich seinen alten Wunsch erfüllt: ein Raum – und Kompositionen ausgewählt nach Farben und Formaten, die so ein geschlossenes Werk bildeten.

Der Maler hat diesen Raum nie gesehen.

Die Totenglocke?

Mira schrieb mir vor der Reise nach London, ich muss endlich diese Bilder sehen – ihre sonderbare Reise dahin, bis zu uns – sie sind wie ein letzter Ausdruck der Todesahnung des Malers. Wenigstens mir scheint es so.

Mira war aufgeregt, dass ihr das jetzt möglich wurde, noch mehr als das, sie freute sich, dass sie reisen wird. Sie plante zwei Tage zu bleiben, Robert konnte nicht mit, musste nach Bayern wegen einer Reportage.

Sie flog, billig, ein Arrangement mit dem Hotel für eine Nacht.

Sicher ging sie sofort in die Tate Gallery.

Und auf der Rückkehr – warum musste sie gerade in diesem Bus sitzen? Eine Frage ohne Antwort.

Als wir die Nachrichten hörten, ergriff mich eine sinnlose Panik, ich wusste selbst nicht weshalb. Nein, nichts ist zufällig, unsere Schritte sind vorbestimmt, wir können vor nichts ausweichen. Aber dann ging ich ins Zimmer, versuchte Mira auf ihrem Handy anzurufen. Nichts. Totenstille. Nun, es war schon Nacht, vielleicht schläft sie und hat es abgestellt?

Ich weiß nicht, wann uns Robert anrief.

Die Bilder, die ich sehe, sind rot, wie die Gemälde, wie der Bus dort irgendwo auf der Straße, zerstört, zerschlagen, eine Geistererscheinung? Immer noch begreifen wir nichts.

Dieses Glas.

War sie erschrocken in jenem Moment oder schon ruhig, wie in den letzten Jahren?

Hat sie, als sie endlich diese ersehnten Bilder zu Gesicht bekam, vielleicht auch die „Totenglocke" gehört?

In der Sprachlosigkeit, die nach dem Chaos, nach dem Blut und dem Verbrechen folgt, hört man keine Stimmen, vollkommene Stille ist, was bleibt. Und unser Leid. Roberts Leid. Inges Tränen.

Manchmal hasse ich Miras Liebe zur Poesie, zur Malerei. Ich hasse diesen Enthusiasmus, dieses vergebliche Bedürfnis, die Vergänglichkeit anzuhalten.

Und nun, Mira, haben wir nur noch die Vergangenheit.

Im Archäologischen fragt mich niemand mehr etwas. Schweigend trinke ich den gleichen schwachen Kaffee mit den Kolleginnen und rauche. Elvira schaut mich von Zeit zu Zeit fragend an, aber auch sie spricht nicht über den August 2005.

Das Licht, das auf die Keramikscherben auf meinem Arbeitstisch fällt, erinnert mich ständig an die Splitter der Busfenster, an die Scherben jenes verlorenen Fensters unserer Jugend damals, an Scherben, die auf dem Gehsteig verstreut lagen.

Am liebsten bin ich jetzt im Zimmer und schaue auf die Briefe, Zettel, Übersetzungen.

Was hatte sie gesehen in jenem Raum in der Tate Gallery, allein, ohne Robert, mit der Tasche über der Schulter, die ich ihr Weihnachten geschickt habe? Was haben ihr diese schwarzen, braunen, grauen Bilder gesagt oder verraten? Des Malers Schmerz? Oder den eigenen? Jemand sagte, dass sich der Mensch in diesem Raum wie in einer Kapelle fühlt, die Atmosphäre ist sonderbar heilig, man könnte fast beten.

Hat sie für sich gebetet, für uns, für den Liebsten, für die Zeit, welche kommt?

Der große, schwarze Vogel hat seine Flügel über uns ausgebreitet, Mira, wie eine Wolke vor dem Sturm.

Einmal hatte sie mir gesagt, der Verlust der Person, die dir nahe steht, verändert die Welt.

Wie die Gegenstände, wie alles was ihr gehörte.

Robert schickte mir später, viel später, die Tasche, die sie über der Schulter getragen hat und die paar Kleinigkeiten, die darin waren.

Sie nahm nach London ein Gedicht von Else Lasker-Schüler mit, etwas Geld war in der Geldtasche, der Pass, der Lippenstift, ein Kamm aus Elfenbein (Mutters Geschenk zu ihrem zwanzigsten Geburtstag), ein angebrochener kleiner Spiegel und die Fotos von Robert und von uns zweien in weißen Kleidchen mit Blumen von etwa 1970, als wir mit den Eltern zu Besuch zu Bekannten gingen – ich erinnere mich, dass wir stolz waren, wegen dieser neuen Kleider – dann ein Stadtplan mit angekreuztem Museum, eine zerknitterte Eintrittskarte für den Besuch der Tate Gallery.

Sie sah, also, die dunklen Bilder. Stand sicher lange in der Stille dieses Raumes und dachte vielleicht an die Geschichte dieser Bilder und an den Maler, der die Ausstellung in London nie gesehen hat.

Vielleicht war sie nachdenklich und sicher wenigstens ein bisschen glücklich, dass sie endlich dort ist, dass sie die Gemälde sehen konnte, die sie nur aus den Büchern kannte.

Während ich in den Händen Inges Postkarte drücke, denke ich, wünsche ich es mir: sie war ruhig und glücklich. Sie hatte keine Vorahnung davon, was geschehen wird, sicher nicht.

Sie freute sich auch auf die Rückkehr nach Wuppertal und auf Robert, auf den Brief, den sie mir schreiben wird über die Bilder, über London.

Robert konnte sich lange nicht verzeihen, dass er sie nicht überredet hat, ein wenig mit dieser Reise zu warten, bis er mitreisen kann, vielleicht hat er sich nicht verziehen, dass er am Ende nicht neben ihr im Bus gesessen ist. Als er uns zum ersten Mal schrieb, dass er einmal wieder nach Zagreb zu uns kommen wird, da wusste ich, auch ihn werde ich wahrscheinlich nie mehr wieder sehen. Alles wäre zu schwer für ihn, zu schmerzlich, unsere Strasse, die Cafés in denen wir saßen, die Parks, die Platanen am Zrinjevac, die er fotografierte – und vielleicht ich, ihr ein bisschen ähnlich.

Nein, wahrscheinlich wird er nicht kommen. Manchmal schreibe ich ihm, kurz, mit ein paar deutschen Wörtern, die ich kenne, und er antwortet mir auch kurz, untröstlich. Und so wissen wir nicht viel über ihn, arbeitet er noch für jene Zeitung, wir wissen nur, er nahm sich eine kleinere Wohnung, wir wissen nicht, ob er überhaupt noch fotografiert. Sein Schweigen dort irgendwo in der unbekannten Stadt, ähnelt dem unseren. Denn die Mutter und der Vater – seit diesem August gehen sie schweigend durch die Wohnung, die Küche. Das Fernsehen ist nicht oft an, sie sitzen abends im Wohnzimmer und schauen unbestimmt irgendwohin, vielleicht in jene unbekannte Stadt, jene Straße, den zerstörten Bus. Sehen sie denn all jene Bilder, die wir damals in den Nachrichten gesehen haben, ohne dass wir Bescheid gewusst hatten? Wir waren erschüttert wegen der Opfer, der Unschuldigen, erschrocken über den schrecklichen Hass, aber das war doch weniger als unser heutiger Schmerz, jetzt hat die Anonymität des Todes einen Vor- und Nachnamen bekommen.

Es ist zu wenig Zeit verstrichen, noch sind wir alle wie betäubt, vielleicht werden wir eines Tages sprechen können und uns fragen, wozu diese Reise Miras, warum dieser Tag, diese Stunde, dieser Ort? Warum hatte dieser Augenblick auch sie gewählt?
Sinnlose Fragen ohne Antwort, ich weiß.

Ich sitze und schaue zu Omas altem Schrank. Sein Spiegel in der Innentür ist noch trüber, die schwarzen Flecken sind noch größer, ich sehe, seitdem sie nicht mehr hier ist, mein Gesicht nicht mehr.
Ich trage nicht schwarz. Ich will nicht, dass mich auf der Strasse irgendjemand etwas fragt. Ich könnte nichts sagen.
Ich möchte schnell alt werden, so alt werden, dass das Gedächtnis erlischt, dass ich nicht weiß, welcher ist der richtige Schlüssel für die Eingangstür, dass ich vielleicht manchmal vergesse, in welche Straße ich gehen will, und vielleicht gar nicht mehr meinen Namen weiß. Auch mich soll die Milde des verschlafenen Alters bedecken.

Die zerknitterte Postkarte lege ich aus der Hand, ich suche schnell, ungeduldig, unter ihren Sachen jenen Zettel mit dem Gedicht, das sie vor einer

Ewigkeit übersetzt hat, das in ihrer Tasche war. Auch in ihm war die alte Dichterin am Ende ihrer Flucht und ihrer Reise.

Mein Volk

Der Fels wird morsch,
Dem ich entspringe
Und meine Gotteslieder singe …
Jäh stürz ich vom Weg
Und riesele ganz in mir
Fernab, allein über Klagegestein
Dem Meer zu.

Hab mich so abgeströmt
Von meines Blutes
Mostvergorenheit.
Und immer, immer noch der Widerhall
In mir,
Wenn schauerlich gen Ost
Das morsche Felsgebein
Mein Volk
Zu Gott schreit.

Das hat sie in Jerusalem geschrieben, schon krank, schon ohne ihre Nächsten.

Langsam falte ich den Zettel und lege ihn zurück in die Tasche, die Mira auf allen Reisen über der Schulter trug. Im kleinen Fach an der Seite, befindet sich immer noch das kleine Bild der Mona Lisa, ja, ein Jahr vorher war sie mit Robert in Paris. Sie haben den Louvre gesehen, Montparnasse, Place de la Concorde, sie saßen im Café Flora, das einst die Existentialisten besuchten, Sartre, Simone de Beauvoir (Gott, wann war das, das ist heute schon ein archäologisches Zeitalter), sahen verschiedene Ausstellungen, andere Museen.

Später schrieb sie mir, natürlich waren wir, wie alle anderen Touristen ja auch, die einmal Paris sehen wollten, nie in seinen Vororten gewesen, nie dort , wo die Migranten leben, diese oft verlorenen Menschen in jenen ruinösen, billigen Neubausiedlungen, dort, wo Jugendliche und Kinder nachts die Aufzüge in den Häusern zerstören, Müll in Containern anzünden, Fenster in verlassenen Wohnungen zerschlagen, Garagen anzünden, Autos. Paris – das war auch für uns die Stadt der Kunst, schöne alte Häuser und die Boulevards des Überflusses.

Nein, daran hatten wir nicht einmal gedacht, Schwesterchen.

Doch Mira ahnte immer die Zeiten, die kommen, sie sah die Vernachlässigung, sah die Gesellschaft, das Streben nach Profit und dass alle diese Menschen vergessen wurden.

So schickte sie mir jahrelang Briefe, Zettel und ich habe sie nicht immer verstanden.

Wir werden das eines Tages bezahlen, schrieb sie mir nach Zagreb, die Ansammlung des Hasses der Vergessenen in den Vorstädten der Metropolen wird in Flammen aufgehen, die alles erfassen werden, die schönen Boulevards, teueren Geschäfte, teueren Autos. Danach auch die Menschen.

Und dann, jetzt, geschah Sevran, Aulnay-sous-Bois, Trappes bei Versailles, Clichy-sous-Bois (die zwei Knaben im Trafohäuschen), Seine-Sant-Denise, Dammarie-les-Lys, die Pariser Vororte brennen, der Nachwuchs der Migranten aus Marokko, Algerien ist auf die Straßen gegangen, der Hass ist unaufhaltsam. (Hat Europa seine neuen Barbaren, fragt sich Sloterdijk). Das Feuer breitet sich aus, zu spät all die Phrasen, zu spät für jahrelang vergessene Hilfe.

Auch der rote londoner Bus flog in jenem August in die Luft in der Explosion der Unvernunft, der Wut. Der Hass und der Fanatismus sprengten U-Bahnen, Busse, unschuldige Menschen, die in ihnen saßen und zur Arbeit, in

die Schule fuhren, sich zum Spaziergang in die Parks aufmachten, in die Luft. Unter ihnen saß, oh, grausames Schicksal, auch meine Schwester … …in die Luft flog ihre Seele, ihr Gesicht, jenes dicke Glas des Schaufensters unserer Kindheit. Verflogen sind die Visionen unserer Jugend und Hoffnungen auf ein mögliches gemeinsames Alter, vielleicht Tage des Zusammenseins, weggeflogen die Briefe, die Erinnerung, die Poesie, die Zuneigung und Liebe. Jetzt, überall, dort und hier in der dunklen Küche, im Zimmer, liegen die Glasscherben, eine zerstreute Biographie, Teile des Körpers, zerrissene Sätze, unausgesprochen, die nie mehr ausgesprochen werden, verflogen ist ihr Lächeln, ihre Augen, ihr und unser Leben.
Ich kann nicht mehr schlafen.

Inges Postkarte.
Schwarzer Tag des Begräbnisses, ohne Erinnerung.
Lange Nächte, eintönige Tage. Aufstehen, sitzen, schauen in jene Strasse, es ist schon alles wie im dicken Nebel.
Unzählige Tassen Kaffee, unzählige Zigaretten.
Briefe stapeln, Zettel, ein Wort suchen oder nicht suchen, das mir erklären könnte, warum es sie nicht mehr gibt.
Die Angst vor dem Besuch ihrer besten Freundin.
Was werde ich sagen, wenn ich nichts zu sagen habe.
Das Geschöpf im Schatten will nicht aus dem Dunkeln herauskommen, will nicht sein Gesicht zeigen, will nichts hören über ihr Leben dort irgendwo, wo und wann das war?
Ringe, Eisenkorsett um den Körper.
Manchmal denke ich, dass es nicht schön ist alles zu überleben. Arme Eltern. Auch ihnen kann ich nicht helfen.

In der Morgendämmerung fing es an zu regnen? Es ist schon Donnerstag? Ich renne in die Küche und schaue auf den Wandkalender. Ja, heute.

Inge kam am Abend mit dem Zug aus München in Zagreb an.
Noch immer schüttete es in Strömen, jener Zagreber Regen, wenn es

aus den Dachrinnen der Häuser auf die Gehsteige fließt und die Schuhe schnell nass werden.

Doch, ich ging zu Fuß zum Bahnhof, mit verregnetem Haar, der Mantel nass, aber es war mir egal. Soll ich aussehen, wie ich eben aussehe.

Es war mir kalt, die Feuchtigkeit kroch in die Knochen, und das war mir angenehm.

Zuerst wartete ich auf dem ersten Bahnsteig, doch weil der Zug eine halbe Stunde Verspätung hatte, musste ich auf den dritten übergehen, durch dessen Dach es an mehreren Stellen regnete, so dass ich am Ende total nass war. Was für eine Person ist Inge? Was wird sie mir über ihre Freundin Mira sagen?

Der Zug fuhr langsam am Bahnsteig ein und blieb stehen. Aus dem Wagen stieg – gleich sah ich sie unter den Reisenden – eine große, ernste Frau mit langen braunen Haaren, die mit einem dunklen Band zu einem kurzen Pferdeschwanz gebunden waren. Sie trug in der Hand eine kleine Reisetasche und gleich als sie auf den Bahnsteig trat, erkannte sie mich und ging auf mich zu: Ah, wie ähnlich seid ihr zwei! Sie umarmte mich fest und flüsterte: Du warst für Mira, neben Robert, die wichtigste Person.

Ich stotterte noch: Und er?

Er ist noch wie in Trance des Nichtbegreifens dessen, was geschehen ist. Aber auch er will noch kommen, sagte er, bald wird er zu euch kommen. Ich, ich musste es – verzeih.

Danach redeten wir nicht mehr.

Wir gingen hinaus vor den Bahnhof, vor uns lag die Zrinjevac-Anlage, in der Nacht leuchteten die roten Lichter der Autos, die gelben Straßenlaternen entlang der Parkanlage. Die langen, dunklen Schatten der hohen Platanen, wirkten für mich geisterhaft.

Inge wendete ihren Kopf zu mir. Du bist so ernst, und Zrinjevac ist schön auch im Regen, Mira erzählte mir von ihm, von euren Spaziergängen Sonntagsvormittags, ich weiß, jetzt ist für dich alles anders – Inges Stimme brach ab. Mit Mühe unterdrückte sie das Heulen.

Ja, alles ist anders. Auch die Stadt, ihre Straßen, unser Leben, die Tage, die im sinnlosen Verfluchen des Schicksals vergehen. Die Mutter und der Vater haben sich verändert. Um Mutters Lippen haben sich tiefe Falten gebildet. Durch die Wohnung gingen wir die ganze Zeit irgendwie unsicher, als ob wir nicht wissen, was wir als nächstes tun sollen, wohin mit uns selbst. Die Küche war verlassen und kalt, es wurde seltener gekocht. Auch weiterhin schauten wir nicht viel fern. Es war uns allen wirklich kalt, dabei war es schon März und der Regen fiel nicht jeden Tag. Die Eltern waren stets nachmittags in der Stadt, zwei-drei Stunden, doch die Mutter kaufte nichts mehr, keine Vasen, keine Kissen, keine Porzellanteller. Abends saßen sie beide stumm im Wohnzimmer, der Vater betrachtete nur seine Patiencekarten, er legte sie nicht, er saß oft wie eine Statue mit einer Patiencekarte in der Hand, die er nicht auf das Tischchen gelegt hat, und die Mutter hat auf der Couch unkonzentriert in verschiedenen Zeitschriften geblättert und in sehr alten Büchern, schon staubigen – einmal später, in der Nacht, als sie schon in ihrem Zimmer waren, sah ich, dass es unsere alten Kinderbücher waren. Der Hals schnürte sich mir zusammen.

Über Mira haben wir nicht gesprochen. Was hätten wir auch sagen können? Jede Nennung ihres Namens war nur schmerzlich und noch nicht möglich. Denn auch unser Leben zerbrach in unsichtbare, scharfe Scherben aus jenem Glas, dort auf der Straße, oder genauer, wir fühlten auf der Haut, am Körper den Schmerz, einen Phantomschmerz, als hätten sie sich auch in unseren Hals, unseren Brustkorb, unseren Rücken hineingebohrt. Ich habe diese ganze Zeit, jede Nacht in meinem Zimmer, in unserem ehemaligen Kinderzimmer mit dem alten Schrank von der Großmutter verbracht und starrte in alle diese zerstreuten Papiere, Briefe, Übersetzungen, Miras runde Handschrift schien alle Wände der Zimmer überklebt zu haben, überall sah ich nur ihr sonderbares rundes „a" oder „g" mit langem Bogen und die Namen Else, Grete, London. Alles was war, war jetzt wirklich Vergangenheit – sie, ihre sonderbaren Lieben, ihr Lachen, ihre Ernsthaftigkeit. Und in diese Vergangenheit verschwand unwiederbringlich, die gemeinsame Kindheit, die Jugend, die Nähe. In diesen dunklen Tunnel ging sie also an einem verregneten Donnerstag, nach London,

Inge, sie wollte uns sehen und alles sehen, was Mira und ihr Zagreb betraf, einst. Und jetzt stand sie neben mir vor dem Hauptbahnhof.

Ich wusste selbst nicht, ob es nicht doch zu früh sei, ob es überhaupt gut sei.

Aber Inge hatte mir ständig geschrieben, in ihrem Schulenglisch, bat mich, und ich antwortete und schließlich eines Tages schrieb ich, vielleicht ist jetzt dein Besuch möglich. Denn die Zeit heilt sowieso nichts, nicht wahr? Und so standen wir noch einige Minuten im ergiebigen Märzregen vor dem Zrinjevac und schauten in die Nacht, auf die Silhouetten der Häuser, auf blasse Platanen, standen so und schwiegen, und ich fürchtete auf einmal nicht mehr, wie diese nächsten zwei bis drei Tage sein werden, mit dieser unbekannten Frau aus dem fernen Wuppertal. Sie war viele Jahre Miras Begleiterin bei der Erforschung von Elses Biographie, sie wusste mehr als ich, sie wusste, wie ihr Leben dort wirklich war.

Nein, heute Abend, noch nicht. Wir werden später reden. So sagte ich nur leise, meine Eltern sind nicht sehr gesprächig, du musst es ihnen verzeihen, und Inge nickte nur mit dem Kopf, nahm meine Hand, drückte sie leicht.

Dann ging sie in den Regen, hielt am Rand des Gehsteigs an, hob den Kragen ihres Mantels, wandte das Gesicht gegen den Himmel. Die Regentropfen rannen wie Tränen über ihre Backen, Augen, Mund.

Stehe nicht so im Regen, wir gehen nach Hause.

Im Taxi sagte sie nichts, aber wischte auch ihr Gesicht nicht ab. Durch das Fenster betrachtete sie das Stadtleben und den Verkehr und in der Nazor-Straße schaute sie dann lange auf unser Haus, sah gleich die Lichter der Wohnung und jenen Balkon von unserem ehemaligen Kinderzimmer. Auch ich stand da, fragte aber nichts.

Langsam stiegen wir zur offenen Tür der Wohnung, dort stand die Mutter, ja, sie stand irgendwie steif, wie zuletzt in allen diesen Monaten. Der Vater stand hinter ihr. Inge reichte ihnen schweigend die Hand, schnell fing sie an, ihren nassen Mantel auszuziehen und befreite sie so von jedweder Konversation. Der Vater sagte, ihr seid wirklich nass geworden.

Aber morgen gibt es besseres Wetter, fügte die Mutter hinzu.

Im Wohnzimmer auf dem Tisch standen schon vorbereitet die Sandwiches und der Wein, wir haben unsere Schuhe ausgezogen und haben uns gesetzt. Die Mutter bediente, der Vater goss den Wein in vier Gläser. Schweigend tranken wir einen kleinen Schluck. Die Atmosphäre war irgendwie ungemütlich, ich dachte, wir sind wirklich blöd ungerecht. Dann sagte Inge, ich danke Ihnen, dass ich kommen durfte. Danke Ihnen für die nächsten zwei, drei Tage. Die Mutter winkte nur ab und legte noch einen Sandwich auf ihr Tellerchen.

Der Vater sagte, wir hoffen, dass sie sich hier wohl fühlen werden. Auch Inge bekam den Namen nicht über die Lippen oder irgendetwas über meine Schwester, nach einiger Zeit stand sie auf und stellte sich vor die große eingerahmte Photographie von Mira, oben auf dem Bücherregal. Lange betrachtete sie dieses frühe Bild, irgendwann aus den Achtzigern, danach kam sie zurück, trank noch einen kleinen Schluck Wein.

Was konnten wir auch alle zusammen sagen? Nichts konnte man sagen. Die Eltern hatten die Bettwäsche neben der Couch hingelegt und haben sich verabschiedet, es war schon spät, sie gingen ins Bad, in ihr Zimmer. Überall ließen sie wegen dem Gast das Licht brennen, die Wohnung war nicht mehr im Dunkeln. Und jener Balkon? Ich zeigte Inge die Küche, den lange schon leeren Balkon, den Topf mit der verwelkten Hortensie und gleich begriff ich, dass sie alles weiß, dass Mira ihr alles erzählt hat, über die Blumen und über meine Ungeschicklichkeit.

Eine Zigarette?
Ja, sicher, der Balkon ist überdacht, so stehen wir nicht im Regen.
Ist es nicht kalt?
Nein, aber du rauchst zu viel. Das sagte sie und –
Ich weiß. Eine echte, ungesunde Schwäche, aber jetzt kann ich nicht aufhören – ich habe keine Kraft dazu.
Eines Tages wirst du sie haben.
Vielleicht. Aber auch die Hortensie wird nicht mehr blühen.
Inge lachte.

Später, in unserem ehemaligen Zimmer, sah sie jenen Haufen Papier überall, kurz warf sie einen Blick auf den Schrank und den alten, fleckigen Spiegel in der Innentür, sah Miras Tasche, einige Kleider, einige Schals, wandte sich zu mir und sagte nur: alles ist so, wie sie es mir beschrieben hat.

Ja, alles ist so und alles ist anders.

Inge setzte sich auf die Bettkante, betrachtete aufmerksam die Möbel, die Bilder, achtete darauf, mich nicht zu verletzen, sie blieb eine Fremde die ganze Zeit hindurch, wollte auf keinen Fall mit irgendwelcher Geste Miras Platz einnehmen. Sie bewahrte die Leere, die bleibt, so wie ich sie bewahre.

Merkwürdig, warum gerade solche feinen Frauen am Ende allein bleiben? Ich weiß, sie hatte eine Liebe, ob geheim, das wollte ich nicht fragen. Ich wusste, dass sie weiterhin alleine in ihrer Wohnung lebte, auch weiterhin ihre Fernsehfilme drehte und viel reiste. Ich wusste nicht, wie sie sich im neuen Fernsehzeitalter zurecht fand, ob sie genug Arbeit hatte, genug Projekte.

Weißt du, auch Wuppertal ist nicht mehr das, was es einmal war, nicht mehr Elses – nicht mehr Miras Stadt. Mira. Wir können nicht ständig ihren Namen meiden.

Ja, ich verstehe dich.

Einmal sagte sie mir auf einer lauten Straße, wie wird es uns gelingen, unseren kleinen Garten der Imagination zu bewahren?

War es jemals Elses Stadt gewesen?

Oh, ja am Anfang. Die Veränderungen sind schnell und langsam, aber es gelingt uns manchmal auch in der Vergangenheit zu leben, wenn wir merken, dass sich eine Straße verändert hat, manches Haus verschwunden ist. Zu oft ergreift uns Panik, aber das ist dumm, der Lauf der Zeit ist etwas, was man akzeptieren muss. Der Weg in die Vergangenheit, das ist Phantasie und das ist tröstlich.

Ja, wir sind nicht genügend aufmerksam, was die Veränderungen angeht.

Mira war aufmerksam. Sie hat wie ein Seismograph auf alles reagiert, was um sie herum geschah, was sich änderte.

Aber sie ahnte nicht …

Nein, das nicht. Unsere Wünsche sind manchmal gefährlich, aber wir dürfen sie nicht tadeln, niemand weiß, was der nächste Schritt bringt.

Nein, das dürfen wir nicht. Aber die Bitterkeit ist groß – denn alles ist aus Liebe geschehen.

Und sie ist noch in diesem Zimmer, aber wie hinterm Glas.

Inge umarmte mich: ich weiß, entspanne dich, gehen wir schlafen.

In dieser Nacht träumte ich zum ersten Mal eine Frau im weißen Kleid – das könnte Mira gewesen sein – wie sie in einer dunklen Landschaft mit Geysiren steht – Island? – steht an einem mir unbekannten, gebirgigen Ort und schaut in den Dampf, der überall um sie herum in die Luft steigt, aber plötzlich verwandelt sich dieser Dampf in Glas, das in der Sonne glitzert, die Frau steht wie in einer gläsernen Schachtel, die noch nicht zerschlagen ist.

Ich träumte diesen Traum einige Male und immer wachte ich auf mit einem Glücksgefühl, da die gläserne Schachtel noch ganz ist, die Frau unverletzt. Und so war dieses Gefühl des Glücks und der Erleichterung nur ein kurzer Augenblick. Die Wahrheit sprang auf mich zu wie ein wildes Tier.

Am zweiten Tag bin ich arbeiten gegangen, und Inge ging allein in die Stadt. Sie wollte herumlaufen. Ich gab ihr den Stadtplan von Zagreb und dachte, es ist besser, sie entscheidet, welche Orte, Plätze, Straßen, Cafés sie sehen möchte, sie soll sich alleine und frei in der Stadt von Miras Jugend und Kindheit bewegen.

Inge kam erst spät am Abend nach Hause. Die Eltern waren schon in ihrem Zimmer und wir setzten uns in die Küche, aßen eine Kleinigkeit, schenkten uns etwas Wein ein.

Du musst müde sein, Inge?

Ja, ein bisschen. Und doch habe ich nicht alles gesehen.

Sie holte den Plan, zeigte auf die Orte, die ich angekreuzt hatte und sagte: Nun vielleicht muss man auch nicht alles sehen. Es genügt vielleicht nur hier mit dir in der Küche zu sitzen – das ist mehr Miras Platz als alle Stellen in Zagreb oder Wuppertal. Hier spüre ich sie, auf den Straßen in beiden Städten gibt es sie überhaupt nicht mehr.

Orte haben kein Gedächtnis, Inge.

Von der Balkontür fiel etwas Licht in die Küche und es schien mir, als wären wir zwei nur Schatten in ihrem kalten Dunkeln. Schnell machte ich das Licht über dem Tisch an und brachte das Album mit Fotografien.

Die Fotografien waren, wie alle Fotografien, aus verschiedenen Zeiten: die ersten schwarz-weiß, danach in Farbe, Babys, Mädchen, junge Frauen, junge Eltern. Auf einer saß Mira in der Küche, lachte, ich weiß als ich sie fotografierte, vor der Abreise nach Deutschland. Auf einer fährt sie mit dem Fahrrad die Nazorova hinunter, danach sind wir im Album immer noch zu zweit, denn später ließen sich Mutter und Vater nicht mehr fotografieren. Es hat keinen Sinn Kinder, wozu auch uns noch fotografieren, es ist schöner, wenn wir auf diesen Fotos so jung bleiben, wie wir einmal waren. Und die Mutter fügte hinzu, dann brauche ich nicht später über die Veränderungen zu erschrecken.

Inge lachte.

Auf einer stehen wir auf dem sonnigen Balkon, viele Blumen umgeben uns und jene hohe, blaue Hortensie; über die sich Mira neigte …

Inge schaute mich an ….

Ja, ich weiß. Aber ich habe noch diesen Film, ich lasse ihn entwickeln, du bekommst diese Fotografie, schon morgen.

Am Ende des Albums waren nur noch Roberts Aufnahmen von Zagreb und Mira in Wuppertal unter der Hängebahn, Mira vor dem Geburtshaus von Else Lasker-Schüler, Mira auf der Bank neben dem Fluss Wupper. Auf diesen Fotografien von Robert sah sie wie lebendig aus.

Das ist jetzt nur noch Vergangenheit, nur noch Papier und alle Gesichter im Album sind noch unberührt von der Zukunft, von dem, was kommen wird. Immer noch ein Lächeln, ein aufmerksamer Blick, Ernst.

Und jetzt über allem dieses Netz des schwarzen Unheils.

Ich hasse Fotografien, Inge.

Am zweiten Tag, nach Inges Besuch im Archäologischen Museum, wo ich ihr alles zeigte, die Kolleginnen, meinen Tisch mit den Scherben, gingen wir zum Mirogoj.

Mira wünschte sich ihr Grab in Zagreb, Robert hat gleich, obwohl das für ihn so weit war, ihrem Wunsch entsprochen, er verstand sie.

Wir besaßen kein Familiengrab und es war sehr schwierig und mühsam einen Platz im alten Teil Mirogojs zu finden, aber da halfen uns die ehemaligen Geschäftskollegen vom Vater.

Sie lag, links von den Arkaden, der Platz war bescheiden, ein Kreuz, eine dunkelgraue Platte und auf ihr nur Name und die Daten, und im Stein eingemeißelt ein Engel, der die Hände ausstreckte.

Ich bin nicht oft zum Mirogoj gegangen, ich konnte nicht, noch nicht. Aber die Mutter war jede Woche dort oben, die Kerze anzünden – wahrscheinlich war der Vater mit ihr, vielleicht sind sie gar öfters zu Mira gegangen, vielleicht waren das ihre alltäglichen Ausgänge in die Stadt.

Wir kauften Blumen und Kerzen im weißen Glas.

Wir standen schweigend, schweigend räumten wir die verwelkten Blätter und Zweige von der Platte. Noch immer schien es mir, es ist ganz unmöglich, dass wir hier stehen. Um uns herrschte Stille, man hörte hin und wieder das Zwitschern der Vögel, manch leichter Windhauch in den Zweigen. Es war früh am Nachmittag, nicht viele Menschen waren da, man hörte nicht viele Schritte auf dem Kies.

Inge flüsterte nur, Gott mit dir, Mira.

Wir standen so und weinten nicht. Vielleicht sind die Tränen schon ganz vertrocknet.

Später spazierten wir lange durch die stillen Alleen, wie früher Mira und ich, lasen Namen, schauten die Grabsteine an, gingen durch die Arkaden, ich zeigte Inge alles worüber ihr meine Schwester in Wuppertal erzählt hatte. Ja, wir können uns an jedes Wort erinnern, können Szenen aus den vergangenen Tagen sehen, aber nichts von dem, was war, können wir spüren wie damals, es sind lediglich unvollkommene Erinnerungen. Wie die Fotografien.

Ja, Inge.

Verzeih, dass ich mit dir hierher wollte, aber in dir fühle ich ein Teilchen ihres Wesens.

Sie war so anders.

Du täuschst dich, du bist ihre Schwester, ihr seid ähnlich.

Auch das ist nicht tröstlich.

Wir standen jetzt vor der Kapelle. Die Sonne beleuchtete den leeren Raum vor ihr, Schatten der Zweige vor der Blüte, und unsere – es waren nur Schatten der vergeblichen Sucherinnen.

Weißt du, was ich am meisten bewunderte – Mira bewahrte den Ausdruck ihrer Sprache auch im Deutschen, denn er verliert sich langsam in den Zeiten der SMS und Mails – wir werden immer kürzer. Sie hat nie die Macht des ausgesprochenen Wortes vergessen, das in der Poesie bewahrt liegt, sie hütete immer diesen eigenen Sprachschatz und wenn sie mit uns sprach, dann wussten wir plötzlich, was wir jeden Tag immer mehr verlieren.

Immer noch standen wir in der Sonne vor der Kapelle.

Niemand glaubt es
Aber in den Tagen des Himmelblaus
Kann das Herz zerbrechen

Inge sprach das auswendig. Und dann sagte sie, beide mochten sie, die Dichterin Hilde Domin.

Wir gingen zum Bus. Das Gedränge in ihm bis zum Kaptol hatte unsere Gedanken verdrängt, die poetischen Worte, die Trauer, wir hörten Gespräche, Lachen, standen gedrängt zwischen den Menschen, und so stellte sich in Kürze das Aufatmen des Vergessens ein, das vielleicht eine, zwei Sekunden anhielt, aber immerhin.

Inge blieb drei Tage. Der letzte Tag war Samstag, ich musste nicht zur Arbeit, so dass wir nach dem Frühstück in die Moderna Galerija gingen, wir schlenderten durch schöne Räume, blieben lange vor jedem Bild stehen, Inge war von unserer Malerei begeistert, sie sah Slava Raškaj, Kraljević, Rački, sah die modernen Maler, plante sogar einen Dokumentarfilm über sie zu drehen, wenn sie einen Fernsehsender findet, der das annimmt. Sie entdeckte die Schönheit die wir, Schwestern, einst so genossen hatten, und zum Schluss konnte ich ihr auch das gelbe Licht von Varaždin zeigen, auf den alten Dächern der Stadt, gemalt von Stančić. Ja, das warme Licht, Großmutters Licht, das Licht ihrer Jugend.

Über Robert haben wir in diesen Tagen nicht viel gesprochen. Inge sah ihn in all diesen Jahren viel seltener, und immer weniger. Einige Male traf sie ihn in der Stadt und dann setzten sie sich neben dem Fluss Wupper und redeten über die Arbeit, über den Verlust.
Vor der Leinwand mit dem gelben, fast orangenfarbigen Licht, sagte sie mir noch: Ich sah die letzten Fotografien von Robert auf einer kleinen Gemeinschaftsausstellung im Stadtmuseum und es schien mir, auf diesen Bildern gibt es nicht mehr jenen scharfen, schwarz-weißen Kontrast, jetzt sind seine Landschaften wie ohne Licht, alles ist in einem Grau erstickt, alles wie im Nebel, alles ist nur noch Herbst.
Seine Einsamkeit war absolut, das wussten wir.
Arbeitet er noch bei derselben Zeitung?
Ja, wahrscheinlich wird er dort, trotz der Unzufriedenheit, auch bleiben. Er träumt nicht mehr von der Freiheit, vielleicht interessiert ihn auch das Fotografieren nicht mehr so, er ist müde. Aber auch Miras Unterstützung fehlt ihm, ihre Gespräche, alle diese Pläne sind untergegangen. Er, so allein, wird sich nie in ein Abenteuer stürzen, in die unsichere Zukunft der Künstlerfotografie.
Und seine Familie?
Du weißt doch, die leben irgendwo im Norden, bei Kiel, sie sehen sich selten, das war schon immer so, er reist nicht regelmäßig zu ihnen, und sie kommen nie nach Wuppertal, sie kamen auch nicht, als er seine erste große Ausstellung hatte. Das ist bei uns überhaupt so, die Verbindung mit der Familie, wenn wir erwachsen sind und woanders hingehen, wird immer schwächer. Es ist vielleicht schwierig, ständig mit den Eltern zu sein, aber dieser Graben zwischen den Generationen ist auch unschön. Auch ich sehe meine Mutter nicht mehr oft. Sie ist nach Vaters Tod wie versteinert, nichts von dem, was schön war, ist geblieben, sie lebt jetzt allein in Bremen – und am liebsten ist sie allein. Und so hat sie mir auch

die Scheidung – sie, die so eine moderne Frau war – nie verziehen, ohne Rücksicht darauf, dass die Schuld nicht bei mir lag. Nach ihrer Meinung, hätte ich alles irgendwie in Ordnung bringen müssen, verzeihen, aber wie? Ist es möglich, dass der Verlust meines Vaters meine Mutter verändert hat? Das frage ich mich oft, sie ist so unflexibel geworden. Und so sehen wir uns nur zu Weihnachten, dann reise ich zu ihr nach Bremen, unwillig, denn jedes Mal höre ich schon im voraus ihre Vorwürfe, dass ich alleine lebe, dass ich alleine geblieben bin. Und dass ich etwas mache, dass niemanden mehr interessiert. Der Vater ist schon lange tot, ich war damals achtzehn, er besaß einen kleinen Verlag, meine ganze Jugend verbrachte ich mit schönen Büchern. Aber bald ging ich nach Wuppertal. Die Mutter hat sonst keine Sorgen, hat eine gute Rente, manchmal ruft sie mich an und das ist alles. Vielleicht hätte mich der Vater besser verstanden. Aber wer weiß das? Sie hatten mich nicht verwöhnt, obwohl ich ein Einzelkind war. Aber im Haus verkehrten viele Schriftsteller, man sprach über Titelseiten, über den Satz, alles war für mich interessant und deshalb verstehe ich nicht, wie die Mutter all das vergessen konnte und warum sie, als sie ohne Vater blieb, jemand anderer geworden ist, eine versteinerte Fremde. Manchmal frage ich mich, war ihr Interesse für die Bücher nur so lange lebendig, solange der Vater lebte, und als er starb ist alles verlorengegangen, sie war nicht mehr dieselbe Mutter aus der Vergangenheit. Wann wissen wir überhaupt, wie jemand wirklich ist. Das sind diese Erzählungen über Paare, sie sind oft einander ähnlich damit sie auch Paare bleiben können, nicht wahr? Ich bin traurig, wenn die Mutter nur wegen dem Vater so war. Deswegen war für mich die Freundschaft mit deiner Schwester später so wichtig, in ihr habe ich die Vertrautheit erkannt, die ich einst zu Hause erlebt habe. Die Gespräche über die Bücher kehrten zurück, es kam gewissermaßen meine Jugend zurück. Aber lassen wir das, wir schauen uns lieber noch weiter die Bilder an.

Nach der Galerie gingen wir zum Tuškanac.
Zuerst tranken wir Kaffee in der Dežmanova-Strasse, danach stiegen wir zu der Bank hinauf, diesen schattigen Platz wollte ich ihr zeigen, da haben

wir, Mira und ich, einst, nach der Schule, gesessen, in den Wald geschaut und über die Schule gesprochen, über die Professoren und immer darüber, was einmal sein wird, wenn wir groß sind. Noch vor einem halben Jahr dachte ich, Miras Wünsche sind in Erfüllung gegangen. Und jetzt?

Ausser das über Mutter, hat Inge über ihr Leben nichts erzählt. Sie sprach mehr über die Geschichte der Freundschaft mit Mira, über ihre Abende, wenn ihr Mira über die Else erzählte, über Grete, über den Maler der roten Bilder, über gemeinsame Ausflüge mit Robert in die grünen Berge der Umgebung, über den Untergang der Wuppertaler Textilindustrie, über die modernen Zeiten, über ihren Freund Thomas, darüber nur kurz, über ihn hatte mir Mira geschrieben, über die Spaziergänge durch den dortigen schönen Botanischen Garten, und Miras Liebe für Blumen, für alle Pflanzen.
Deshalb gingen wir in den Zagreber Botanischen Garten. Nur Knospen, alles war bereit für die Blüte, für den Frühling und Sommer. Der Tag war sonnig und schon warm und Inge wiederholte, vor den weißen Schneeglöckchen; jene zwei Verse:

Aber auch in den Tagen des Himmelblaus
Kann das Herz zerbrechen

Die Mutter hatte gestern Abend sogar Kuchen gebacken. Der Vater bemühte sich und sprach mit Inge englisch. Die Patiencekarten lagen in der Schachtel, das Fernsehen wurde nicht angemacht. Die Mutter erwähnte sogar auch Varaždin, und wir sagten, dass wir morgen in die Galerie der zeitgenössischen Kunst gehen wollen. Es war gut, dass Inge kam und uns aus der Wüste des Schweigens herausgeholt hat.
Als sich Inge hingelegt hat, saß ich, wie schon Monate, in dem Zimmer der ehemaligen Kindheit und entschied mich, mich endlich von diesem Haufen Papier auf dem Tisch, auf den Stühlen, zu verabschieden, entschied mich, alle Briefe, alle Zettel zu ordnen, sie in die große Blechdose für Kekse zu legen — wann hatten wir sie gegessen, weiß ich nicht mehr — und die Dose im

Schrank zwischen den Sachen, die von ihr übrig geblieben waren, in einem der Fächer zwischen den Kleinigkeiten aus der Tasche, aufzubewahren..
Und ich werde nicht mehr in den Spiegel starren.
Und ich werde eine Zeitlang keine alten Briefe mehr lesen.
Aber ich werde nichts vergessen.

Die leere Fläche des Tisches wirkte jetzt wie eine Medizin – ja, zum Gedenken brauchen wir keine Sachen, alles ist sowieso immer in uns. Überall wo ich bin, in der Stadt oder in unserer Wohnung, führe ich Mira mit mir, das ist unumgänglich. Vielleicht liegen auf dem Fußboden dieses Zimmers, dieser Küche nicht mehr die Glasscherben, ich weiß, das zerbrochene Schaufenster werde ich nie mehr ganz zusammenkleben können. So wie ich das mit den Scherben in meinem Archäologischen nicht kann. Aber ich kann versuchen der Mutter zu helfen, dass sie sich wieder bewegt und es lernt mit dem Verlust zu leben. Wir müssen uns aus unserer Krummheit aufrichten. Inges Besuch, dieser Fremden, aber auch bekannten Frau, half vielleicht meiner Trauer- auch ihre war groß – und langsam begreife ich, die Zeit des Schreckens muss enden. – In meinem Schatten ihr Schatten, Schatten der Schwester.

Auf dem Bahnsteig, am Samstagabend, bevor Inge in den Zug eingestiegen ist, packte sie mich an den Schultern und flüsterte: wir bleiben in Verbindung, ich bitte dich, ich kann dir und den Deinigen den Verlust nicht ersetzen, aber ich möchte in irgendeiner Weise zu euch stehen, wie…wie eine Schwester?- Nein, ich weiß, das ist nicht möglich. Aber wie jemand der auch wie du, die Nähe zu einer Person empfindet. Du musst wissen, wenn ich dich sehe und höre, fühle ich Mira.
Schnell drehte sie sich um und stieg in den Zug.

Ich habe sie nicht mehr gesehen, sie kam nicht ans Fenster.
Der Zug fuhr langsam weg. Lange sah ich ihm nach, wie er sich in der Nacht verlor. Und das erste Mal fühlte ich, wie in einem Traum, Mira ist in uns allen. Die Dose in Großmutters Schrank soll eine Zeitlang geschlossen bleiben. Der Schrank geschlossen.

Denn die Briefe, jetzt von Inge, und andere, werden weiterhin hierher reisen, vielleicht ein Gedicht, manch getrocknete Blume. Unser alter Briefträger wird sie zu uns in die Wohnung hochbringen, und ich werde die Tür öffnen, und der Brief wird wieder aus dem fernen Wuppertal sein. Und es werden Briefe sein. Briefe.

In der Dunkelheit der Nazor-Strasse eilte ich nach Hause. Die Schritte hallten wieder, als würden zwei Frauen an den, mit frühen Blumen geschmückten Gärten, entlang schreiten.

- Ende -

Der Wortlaut der Gedichte wurde dem Band: Else Lasker-Schüler, Sämtliche Gedichte (Hrsg. Karl Jürgen Skrodzki) entnommen, ersch. im Jüdischen Verlag im Suhrkamp Verlag, Frankfurt am Main 2004 (Abdruck mit freundlicher Genehmigung des Verlages).

Andere Zitate stammen aus: ELS, Gesammelte Werke in drei Bänden, Hg. Friedhelm Kemp, München 1962, zit. nach: Erika Klüsener: Else Lasker-Schüler, rororo Monogr., 1985

Georg Trakl: Sämtliche Werke und Briefwechsel, Stroemfeld/Roter Stern 2007.
Andere Zitate zu G. Trakl aus: Otto Basil: Georg Trakl, rororo Monogr. 1985